팔순에 한글 공부를 시작했습니다

한글 교실에서 만난 시와 치유, 꿈에 관한 이야기

팔순에 한글 공부를 시작했습니다

• 박재명 지음 •

카시오페아
Cassiopeia

행복꽃

여분순

안동 할매 나의 꽃이 피었다.
좋은 선생님을 만나서
한글꽃이 피었다.
좋은 친구들 만나서
웃음꽃도 피었다.

그렇지만
녹슨 머릿을 뚫어 낸다고
선생님의 고통은 말할 수 없다.

그래도 선생님의 가르친 보람은 있어
이제는 은행 동사무소 병원
자신 있게 내 손으로 거뜬히 쓸수있다.

하루 하루 가는 세월어 원망스럽다.
떼도 많고 떨도 많고 이대로만 계속되면좋겠다.

지식을 가르치러 왔다가 지혜를 배워갑니다

노인복지관 수료식 날이다. 강단에 서서, 조금 느리기는 하지만 낭랑한 목소리로 자신 있게 자작시를 읽어나가는 백발의 늦깎이 학생이 바로 나의 제자다. 앉아 있는 수십 명의 다른 제자들도 자막에 띄운 글자를 눈으로 읽으며 눈시울을 적신다. 내가 처음 이곳에 왔을 때, 겨우 자기 이름 석 자만 쓸 줄 알았던 학생들이 5년이 지난 지금 이렇게 멋진 이야기를 글로 쓴다. 뿌듯하고 감격스러워서 가슴이 떨려왔다.

30여 년을 중학교에서 국어를 가르쳤다. 교권은 땅에 떨어지고 더 이상 학생과 교사 사이에 존경과 신뢰가 없어 공허함으로 지쳐 있을 즈음, 암이 찾아왔다. 미련 없이 학교를 떠났다. 좌절과 절망 속에서 1년을 보내고, 수술 후 어느 정도 몸과 마음이 회복되자 곧 무료함이 찾아왔다. 허탈감과 상실감, 무가치

5

감은 견디기 힘들었다. 그래서 노인복지관을 찾았고 고맙게도 문자 미해득자를 위한 한글 강좌가 주어졌다.

철부지 사춘기 아이들을 가르치다가 연세 높은 어르신들을 만났다. 나의 제자들은 70대 중반부터 90대 초반까지 다양한데, 대부분 학교 문턱에도 못 가본 분들이다. 노인 학생 중 어린 시절에 학업을 조금이라도 했거나 비교적 젊은 분은 학력 인정을 받는 학교 또는 학원에 다닌다. 그러니 복지관에 한글을 배우러 오는 분들은 가장 연로하고, 가장 학력이 낮으며, 가장 여건이 열악하다.

평생을 까막눈으로 지낸 이분들은 뜻밖에도 글자를 모르는 불편함보다 자기비하, 수치심 등 내면의 고통으로 더 힘들어하셨다. 심지어 공부하러 다니는 것을 극도로 수치스러워하며 남에게 들킬까 봐 숨어서 하고 있었다. 열등감과 낮은 자존감 때문에 사소한 일에도 충돌하고 갈등하며 대인관계가 어려웠다. 한글 공부보다 마음의 상처를 치료하는 게 더 중요하고 급한 문제였다. 이분들의 교사로서 나는 '자존감을 회복시키고 행복을 드리자'는 학습 목표를 세웠고, 그 꿈을 위해 오늘 여기까지 왔다.

5년이 지난 지금, 그 꿈이 이루어진 것 같다. 우리 어르신들이 자기에게 행복 꽃이 피어났다고 하신다. 더도 말고 덜도 말고 이대로만 계속되면 좋겠다고 하신다.

선생과 학생이 함께 눈뜨는 이야기

개인으로서는 힘들고 부끄러운 어르신들의 이야기를 기록하면서 한동안 무척이나 안타깝고 슬펐다. 이분들의 삶과 내 삶이 일정 부분 겹쳐서인지 어르신들과 동일시되어 몸과 마음이 억눌리는 고통을 느꼈다. 그러나 이분들이야말로 가난과 성차별, 문맹이라는 삼중고 속에서도 당당히 우뚝 서서, 순백의 꽃을 피워내는 인동초 같은 삶을 사셨음을 깨닫는다. 나아가 어두운 과거를 잊고 현재 삶에서 행복을 찾아내는, 무한긍정 에너지의 진정한 참모습을 발견한다.

어르신들과 함께 생활하면서 그간 까막눈으로 살아온 아픔과 거기서 벗어났을 때의 기쁨, 회복과 성장을 고스란히 지켜보며 얼마나 감격스러웠는지 모른다. 점차 밝아지는 표정, 커지는 웃음소리, 정성 들인 옷차림새에서 어르신들의 자신감을 발견한다. 부드러워진 말씨나 친밀하고 협조적인 대인관계 등 겉으로 드러난 변화를 보면서, 비문해자가 문해자가 되는 것이 내면의 엄청난 변혁임을 깨닫는다. 새로운 자신과의 만남이 새로운 세상과의 만남으로 이어지는 것이리라.

삶의 변화, 정서와 경험의 내면적 변화는 자신이 직접 쓴 문학 작품에 그대로 반영된다. 나는 어르신들이 그동안 쓴 시와 일기, 편지, 생활문, 자서전을 통해 정서와 감정과 생각이 어떻게 변화되고 성장해왔는가를 그림을 그리듯 썼다. 이 책은 숨김도 없고 꾸밈도 없는 어르신들의 글을 통해 드러난, 늦깎이 학생들의 아름다운 성장 이야기다.

또 '어르신들이 행복을 찾는 이야기'를 쓰는 가운데 그분들로 인해 내 삶에 나타난 긍정적인 변화도 함께 써 내려갔다. 지식을 가르치러 왔다가 지혜를 배우는, 어르신들의 사랑으로 치유되고 성장한 나의 이야기도 담았다. 이 책은 교사와 학생이 함께 눈뜨는 이야기다.

야만적인 박해와 차별 속에서도 아름다운 인간성을 잃지 않으며, 고난을 딛고 지금 행복한 노후를 보내는 어르신들의 삶이 우리에게 주는 도전은 무엇일까? 교만과 허영으로 우쭐대며 살고 있는 부끄러운 자화상이 떠오른다. 작은 일에도 쉽게 좌절하고 불평만 일삼지 않았는지, 지나친 욕심은 없었는지 뒤돌아보게 된다.

여성들을 완전히 불행 속으로 몰아넣었던 과거의 어처구니없는 차별이 오늘날에도 있지는 않을까? 우리의 편견 때문에, 초라하고 작은 몸으로 저항도 하지 못하고 소외당하며 사는 사람들은 없을까? 이제 더는 우리 노인 학생들과 같은 불행한 집단은 나오지 않아야 한다.

어떻게 생각하면 세상 사람 누구나 다 까막눈이다. 다시 태어나는 뜨거운 체험을 하지 않는 한, 자기 눈을 덮고 있는 어두운 장막을 걷어내지 못하는 한 다 눈뜬장님이다. 진리를 발견하지 못하고 고통 속에서 인생을 낭비하며 사는 것이다. 그 장막이 무엇인지 알지도 못한 채.

어르신들이 까막눈을 벗어나 새로운 세상을 보게 되면서 누리는 기쁨은 그 깊이를 알 수 없다. 경험해보지 않은 사람은 알

수가 없는 것이다. 우리도 눈뜬장님에서 벗어나 새롭게 탄생한다면, 그래서 어르신들처럼 그 기쁨의 깊이를 체험할 수 있게 되면 얼마나 좋을까?

어떤 세월을 살아왔는지 안다는 것

나의 제자들은 특별한 사람들이 아니다. 지하철에서 꾸벅꾸벅 졸고, 카페에서 목청껏 떠들고, 아쉽게도 사회화 학습이 부족해 다소 에티켓이 없는, 우리가 흔히 보는 노인들 중 하나다. 평소 관심 없이 무심히 지나쳤던 분들 말이다. 그러나 이분들의 글을 직접 대하면 어떤 세월을 살아왔는지, 어떤 심정으로 살고 있는지를 알게 되고 놀랍고 안타까운 마음이 올라온다.

헬렌 켈러가 삼중의 장애 속에서 지문자(손가락 글자)로 익힌 글자 하나하나는 얼마나 귀한가? 헬렌 켈러가 우리 삶의 희망이요, 우리 모두의 본보기인 이유다. 우리 노인 학생들이 수치심과 여러 가지 육체적 어려움 속에서 처절하게 깨친 글은 얼마나 또 소중하겠는가? 늦은 나이에, 헬렌 켈러처럼 언어 습득이 가능한 시기가 한계점에 이르렀을 때 다행히 문자와 만나

이제야 빛과 희망, 기쁨과 자유를 누리게 된 분들. 부디 따뜻한 시선으로 이분들의 글을 읽어주면 좋겠다. 이 책을 통해 조금이라도 노인들을 이해하는 폭이 커지기를 바란다.

1장
슬픈 이름, 까막눈

"나는 힘겨운 고통이 사람을 가르친다는 말을 믿지 않는다.
만약 고통이 스스로를 가르친다면 온 세상이 현명해질 것이다.
이 세상 모든 사람이 고통을 받고 있기 때문이다."

– 앤 모로 린드버그

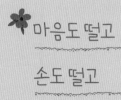

마음도 떨고

손도 떨고

한글공부

박옥조

살면서 나는 언제나 남의 등 뒤에 서 있다.
항상 마음이 불안하고 초조했다.

글을 모르니까
은행이든 어디든 글 쓰는 데 가면
안절부절 마음도 손도 떨고 있다.

한글을 배우고 싶어도
기회가 없었다.
그렇게 70년을 살았다.

우연히 찾은 복지관에서
한글을 배우고 있다.

지금은
마음도 편하고 즐겁다.

자신이 생긴다.
조금 알 것 같다.
늦었지만 열심히 해 보고 싶다.
휴대 전화 문자도 마음대로 하고 싶다.

내 마음속

김순조

한글을 모르는 내 마음속에
슬픈 드라마 같은 아픔
절절히 가슴으로 느꼈다.

왜 진작 글을 못 배웠을까?

이제는 책도 읽고
간판도 읽고
길도 찾아갈 수 있다.

새로운 세상이
열린 것 같다.

언제나 뒤에 서 있었다

지금은 글을 배우셨다. 이렇게 시도 쓰신다. 지난날 기나긴 비문해 시절의 아픔을 이제야 글로 토해낸다. 어르신들이 쓴 글을 통해 과거의 슬픔과 아픔을 알게 되었다. 깊고 깊은 고민과 생각 끝에 그려낸 한 점 꾸밈없는 글에서, 그분들의 과거와 현재를 조금이나마 짐작할 수 있었다. 어르신들의 일기나 시, 자서전은 비문해자가 '문해됨'에 따라 일어나는 여러 가지 정서와 삶의 변화를 보여주는 중요한 자료가 되기 때문이다.

언제나 남의 등 뒤에 서 있었다. 이유는 까막눈이기 때문이다. 글을 모르니까 어디든 글 쓰는 데만 가면 마음도 떨고 손도 떨었단다. 불안하고 걱정스럽고 초조한 글쓴이의 마음이 고스란히 전달된다. 어디 글이 필요한 곳이 한두 군데일까? 문자 생활이 대중화된 지금 어딜 가나 글 쓰는 일이다. 그러니 늘 고통의 터널 속에 있었을 것이다.

어린 나이에 친구들은 가방 들고 학교에 가는데 자신만 못 가니 그 패배감은 또 얼마나 컸을까? 어두운 마음으로 살았단다. 이 말 속에 수많은 부정의 감정이 들어 있다. 우울하고, 슬프고, 절망스럽고, 수치스럽고, 화나고, 괴롭고……. 이것을 '슬픈 드라마 같은 아픔'이라고 했다. 자신이 생각할 때 아픔을 표현하기에 가장 적절한 단어였으리라. 나의 제자들은 이런 마음

19

으로 평생을 살았던 것이다.

까막눈. 얼마나 슬픈 이름인가? 눈 뜬 봉사라고도 한다. 요즘은 비문해자 혹은 문자 미해득자라고 하기도 한다. 모두 나의 제자들을 가리키던 이름이다. 자기 스스로 까막눈이라 기역니은도 모른 채 살아왔다고, 이제 어르신들이 문해자가 되어 글로 고백한다.

부끄러움을 무릅쓴 채

학생들 중에는 멀리서 다니는 분이 참 많다. 오히려 복지관 주변에 사는 분은 드물다. 왜 근처에 있는 복지관으로 가지 않는 것일까? 여러 가지 사연과 이유가 있겠지만 대부분은 부끄러워서, 아는 사람을 만날까 봐 걱정되어서 일부러 먼 곳으로 다닌다. 아는 사람이 교실 앞 의자에 앉아 있다고, 바깥에도 못 나가고 화장실도 못 가는 분도 있다.

친구들이 무얼 배우러 복지관에 다니느냐고 물으면 답변하기가 힘들다고 괴로워하는 분이 많다. 심지어 어떤 분은 거짓말은 못 하겠고, 말을 안 하면 친구가 섭섭하게 생각해서 자기를 떠날까 봐, 말할 수도 없고 안 할 수도 없어서 차라리 공부를 그만두기도 했다. 못 배운 것이 부끄러워서, 남 보기에 창피스러워서 한글교실에 왔는데 또 못 배운 것이 부끄러워 한글교실을 떠난다. 남 보기에 부끄러운 것이 배우는 이유이자 또 떠나는 이유가 된다.

우리 사회의 교육 수준이 높아지면서 공부 못한 것을 더 수치스럽게, 더 창피하게 생각하게 되었다. 교육에 과도한 의미를 부여하는 학력 사회이다 보니, 다른 사람이 자기를 지적으로 열등한 사람으로 볼까 봐 자기 노출을 극도로 꺼린다. 적절한 기회가 없어서 글을 배우지 못했을 뿐인데, 개인이 게을러서 그럴 거라는 세상 사람들의 편견 때문이기도 하다. 비문해가 일반화된 나라에서는 이와 다를 것이다.

못 배운 한만으로도 버거운데 부끄러움을 견디며 공부해야 하는 이중고가 있다. 자신의 잘못도 아니고 부모의 잘못도 아닌데. 이렇게 말하면 대부분 어르신들은 반발한다. 부모의 잘못이라고. 다른 자식은 공부시키면서 딸이라고, 맏이라 살림해야 한다고, 중간이라고 자기만 안 시켰다고 말이다.

참 고맙고 고맙습니다

전 금주

팔남매에 다섯번째
가난하여 밥도못 먹는데
학교는 어떻게 가나
그래도 오빠는 갔다

동생 돌보고 물 길어오고
밥 하고 그것이 내 일

나이 팔십에 복지관에 와
한글 배우고 글도 쓰고

내 이름도 쓸 줄 알고

이렇게 가르쳐 주신 선생님
참 고맙고 고맙습니다

나의 수치심에게

나의 제자들은 대부분 아들은 밥벌이하는 존재로, 딸은 얻어먹는 존재로 규정한 구시대의 희생자들이다. 그때는 공부하고 싶어 하는 딸은 때리면서 말렸다. 반면에 공부하기 싫어하는 아들은 끌고 와서라도 억지로 공부를 시켰다.

가난해도 오빠는 학교에 갔다. 동생 돌보고, 물 길어오고, 밥 하는 것이 딸인 자기가 할 일이다. 밥도 못 먹을 만큼 가난한데 학교는 어떻게 가나? 하지만 오빠는 갔다.

어린 시절, 보호받고 사랑받아야 할 부모로부터 무시당하고 해를 입었다. 부모로부터 거절당한 상처로 분노와 원망이 가득 차 있다. 극도의 차별로 인한 고통 때문에 마음을 여는 데 어려움을 겪었고, 자연스럽게 부정적인 시각이 자리 잡았다. 정신적 고통은 육체적 고통만큼이나 실제적이고 힘겹다. 때론 육체적 고통보다 더 무겁게 우리를 짓누른다.

어르신들은 글자를 몰라서 겪는 생활의 불편함보다 열등감과 피해 의식, 분노와 원망, 수치심, 자기비하 등 내면적 고통으로 더 신음했다. 어떤 분은 글자를 몰라도 되는 소가 부러웠다고 한다. 오죽하면 소가 부러웠을까? 자신이라는 존재 자체가 부끄러웠던 것이다.

수치심만큼 불편한 감정이 있을까? 이만큼 자신을 힘들게 하고 가족도 고통스럽게 하는 것이 또 있을까? 많은 신경증 환자의 밑바닥에는 수치심이 있다고 한다. 수치심은 스스로를 부끄러워할 때 일어나는 감정이다. 자신을 부끄러워하다 보니 다른 사람으로부터 존중받지 못할 것이라 지레짐작한다. 작은 것에 분노하고, 섭섭하게 느끼고, 자신감이 없고, 의욕이 없고, 남을 위할 줄도 사랑할 줄도 모르고, 심지어 자식에게조차 주눅 들어 살게 된다. 수치심이 그 원인이다. 비문해자에게는 '못 배운 것이 한'이라는 그 '한'이 바로 수치심이다. 어떤 분들은 이렇게 고백하기도 했다.

"글자도 모르는 내가 화장을 하면 뭐 하노?"
"패물을 몸에 걸쳐본 적이 없어요."
"남편이 욕을 해도 '나는 글자도 모르는데 뭐. 욕을 들어도 싸지'라고 생각했어요."

'글자도 모르는 내가 그렇지'라는 생각이 늘 귀신처럼 붙어 다녔다. 누굴 만나든 어떤 일을 하든 간에. 반대로 화장이나 치장을 하지 않으면 집밖에 한 발자국도 못 나간다는 분도 있었다. 마치 못 배웠다고 이마에 붙이고 다니는 듯, 그것을 화장이나 화려한 차림으로 숨기지 않으면 들킬 것 같았다. 도둑질하다

들킨 사람처럼 늘 불안하고 눈치를 보고 주눅이 들었다.

"선생님, 평생 노래 한 번 불러보는 게 제 소원이라예."

한 번도 노래를 불러보지 못한 분이었다. 동요도, 가요도. 식사 후 노래방에 가자는 말이 죽으러 가자는 말로 들렸다. 이런 분이 바로 비문해자, 즉 문화이해 능력이 부족한 사람이다. 문자를 몰라서 일반 사회문화를 받아들이고 향유할 수 있는 능력이 부족하고, 불편함과 심리적 고통을 견뎌야 한다.

이분들은 시간이 오래 걸리지만 한글을 배우고 나면 바로 노래교실을 찾는다. 마치 노래를 배우려고 한글을 공부한 것처럼 말이다. 신명 많고 가무 좋아하는 사람이 입 다물고 있었으니 장애 아닌 장애로 산 것이다. 실제로 자신을 장애인보다 더 불쌍한 장애인이라 생각한다. 장애인은 도움이라도 받지만, 글 모르는 사람에게는 동정도 없고 무시만 할 뿐이라고, 그래서 더 고달프다고 눈물짓는다.

한 많은 인생

정정분

나는 오남매 중 막내
오빠는 중고등학교 보내고
딸이라고 나는 못 갔다

참으로 배우고 싶었다
한 세상에 태어나
남들처럼 배우지 못한 것이
한이 맺혔다
가슴이 허전했다

딸이라고 학교 근처에도 보내지 않으면서 오빠는 중고등학교를 보냈다. 그래서 가슴에 한이 맺혔다는 나의 제자들은 '여자로 태어난 것을 탓해야지 누구를 탓하랴' 하며 체념했다. 학교에 가고 싶은 마음에 몰래 오빠나 남동생의 책을 꺼내 보기도 하고, 베개를 보자기에 싸서 허리에 매고는 책 보따리를 두른 것처럼 다니기도 했다. 그러다 보니 오히려 평생의 한으로 남았고, 극복할 수 없는 벽을 만들었다.

그래서인지 특별히 오빠나 남동생과 관계 맺기가 힘들다고 이야기하는 분이 여럿 있었다. 남자 형제에 대한 원망과 피해의식이 강하게 남아 있어서 관계를 어렵게 했다. 반대로 특별대우를 받았던 남자 형제들은 자신 때문에 희생한 여자 형제에게 미안하고, 한편으로 부담스러워 데면데면한 것 같다.

어떤 어르신은 솜씨가 무척 좋아서 명인으로 지정받게 되었는데, 까막눈이라 어떻게 신청하는지를 몰랐다. 그때 다른 사람이 잽싸게 가로채 가버렸다고 한다. 너무 화가 나고 슬퍼서 오빠를 찾아가 원망도 하고 화풀이도 했다. 못 배운 탓에 세상에서 밀려날 때, 부당하고 억울한 일을 당할 때면 자연스럽게 부모나 남자 형제에게 울분이 올라왔다.

매년 9월이면 '성인 문해의 달' 행사가 시청에서 벌어진다. 시화전 대회 우수자에 대한 시상식을 겸하는데, 그때 수상자의 지인들을 많이 볼 수 있다. 상을 받는다는 소식에 축하하러 설레는 마음으로 꽃다발을 하나씩 들고 오기 때문이다. 그런데 정작 시 내용을 알게 되면, 만감이 올라오는지 시상식이 끝날 때까지 울음을 그치지 못한다. 가족들이 마냥 기뻐하지도, 축하하지도 못하는 상황이다. 가난과 성차별, 왜곡된 성역할이 누군가를 불행으로 치닫게 했으며, 지금 가족 전체가 불편을 감수해야 하는 결과를 낳았다.

왜 나의 제자들은 대부분 이런 불행 속에서 별 저항 없이 살았을까? 아마도 당시의 '가족주의 가치관'이 내면화되었을 것이다. 가족을 위해 희생하는 것이 아름답고 도덕적이라는 가치관을 자신도 모르게 받아들였다. 그래서 수많은 딸들이 기꺼이 가족을 위해 희생했다.

가족을 위해서 다 버리고 희생하면서도 그것이 오히려 자랑스러웠던 시대였다. 공장에서 잔업과 야근을 하며 어렵게 돈을 벌어 고향의 동생들을 공부시킨 또순이가 그 시대에 얼마나 많았던가. 식모살이로 남의 집 아이를 키워가며 자신을 위해서는 돈 한 푼 쓰지 않고 알뜰히 모았다. 그 돈을 고향에 보내 소를 사고 남동생 대학도 보내는 시대였다. 그렇게 사는 게 잘 사는 것이라고 세상도 말하고 본인도 받아들였다.

어떤 어르신은 열 살도 안 된 어린 나이에 남의 집 식모살이를 갔단다. 입 하나 줄인다고. 그 집 어린 아들을 등에 업고 설거지도 하고 밥도 했다. 어느 날, 물독에서 물을 푸다가 작은 몸뚱이가 그만 독에 빠지고 말았다. 머리채를 잡고 건져 올린 주인 마누라는 그 길로 어린 식모를 쫓아냈다. 할 수 없이 집에 왔더니 또 구박을 받았다. 울면서 그 집으로 다시 들어가서 3년을 부엌데기로 지냈다. 그런데 이제는 남동생이 태어났다고 동생 키우러 집에 오라고 해서 또 동생을 키웠다.

첫딸은 살림 밑천이라는 사회 일반적인 가치관에 따라, 고생하면서 집을 건사하고 동생도 키웠다. 사회가 모든 여성에게 그렇게 살도록 강요했다. 여성들은 별다른 저항을 하지 않고 그 문화를 받아들였다.

딸이라는 이유 하나로

박달막

그 시절에 가난도 아니요
집안 형편도 아니요

딸이라는 이유 하나로
학교도 못 가고 일만 하고

겨우 이름 석 자 쓰고
읽고 하다가

지금은 시도 짓고요
편지도 써봅니다

수업 목표, 행복을 드리자

한글반 학생 중에는 글쓴이처럼 가난해서도 아니고, 집안 형편이 어려워서도 아니고, 오로지 딸이라는 이유 하나로 공부를 하지 못한 어르신이 의외로 많다. 할아버지 혹은 집안 어른이 여자는 공부하면 건방져서 못쓴다고 했단다.

어떤 분은 밑으로 남동생 네 명은 다 대학을 나왔는데, 맏이인 자신만 학교 문턱에도 못 가봤다고 하신다. 아버지가 그러셨단다. "딸 가르쳐놓으면 시집가서 사네 못 사네 하면서 편지질이나 하지"라고. 그래서 어릴 때 너무 슬퍼서 팍 죽어버리고 차라리 짐승으로 태어나고 싶었다고 고백한다.

김훈 작가는 여든 살이 가까워서 한글을 깨친 할머니들의 시집을 읽고는 자신의 산문집 《연필로 쓰기》에서 말한다.

"한 문명 전체가 여성의 생명에 가한 야만적 박해와 차별을 성찰하는 일은 참혹하다. 그 야만 속에서도 생명의 아름다움을 보존해온 할매들의 생애 앞에 나는 경건함을 느낀다."

한글반 어르신들의 삶을 성찰하는 일은 참으로 참혹하다. 그러나 할머니들의 삶을 지금에라도 성찰하는 것은 경건하고 의미 있는 일이다. 이제 우리는 이분들의 마음의 상처를 보듬고 치유하려 노력해야 한다. 어떻게 하면 치유되고 회복될까? 어떻게 하면 허약한 정체성이 회복되고 상실된 자존감이 단단해질까?

'수업 시간을 상처 치유의 시간으로 바꾸어야겠다. 행복을 드리자.'

이것이 나의 한글반 수업 목표가 되었다.

꿈

추갑분

한글자 두글자 떠엄 떠엄 쓰다 보니
씨앗처럼 마음에 떨어져 뿌리를
내린다 한문장 더듬 더듬 읽고 쓰고
하면 사이에 마음의 소담이굴이
되어 간다 농부처럼 부지런히
배우고 익혀서 노력해야겠다
고마운 분들께 안부를
전하고 사랑하는 사람들
에게 편지를 쓰고 싶다
나의 꿈은 공부

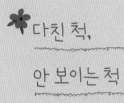

다친 척,

안 보이는 척

서명

장금자

서명하라고 한다
어떻게 하라는 건가
은행과 동사무소를 방문할 때마다
걱정과 두려움으로
남편과 자식들 등 뒤에서 살았다
많은 세월을
답답하게 지냈다

한글을 깨우쳤다
이제 당당하게
은행문 열고 들어가
카드 만들어 주세요
내 이름 석 자 자신 있게 서명한다

지금은
나홀로 살지만
즐겁고 행복하고 재미난다

일상생활 자체가 불편투성이

일제강점기에 태어나 나라 잃은 설움을 겪고 동족상잔의 전쟁을 경험한 세대. 우리나라 역사상 가장 아픈 세대. 피란 간다고 학습의 기회를 놓치고, 보릿고개 넘기 힘든 시절 소 꼴 베러 다니느라, 젖먹이 어린 동생 등에 업어 키우느라 학교 문턱에도 가지 못한 까막눈, 흔히 말하는 눈 뜬 봉사. 이 시의 지은이가 바로 그렇다. 은행에 갔더니 또 서명하라고 한다. 도대체 서명이 뭐지? 어떻게 하라는 거지?

비문해 어르신들을 괴롭히는 것, 답답해서 피하고 싶은 것은 무엇일까? 가장 힘든 일은 관공서에서 서류 발급을 신청하는 일이다. 서명하라는데 서명이 뭔지도 모르겠고 물어볼 수도 없으니 발을 동동 구른다. 그다음이 병원이나 은행 업무다. 소포나 등기 수령도 회피하고 싶은 일 중 하나다. 물론 대중교통 이용도 어렵고 힘들다.

어떤 분은 전세인 줄 알고 집을 구했는데 매달 돈을 달라고 하더란다. 월세였던 것이다. 이렇듯 글을 몰라 낭패당한 일이 어디 한두 번이었겠는가? 사기당해 집을 날리지 않아서 다행이다. 실제로 친구가 도장을 찍으라고 하기에 글을 못 읽어서 무엇인지도 모르고 그냥 도장을 찍었다가 집을 빼앗긴 분도 있다.

한 어르신은 글자도 모르는데 먹고살자고 책 장사를 했다.

책을 사러 온 사람이 무슨 책을 달라고 하면, 글자를 모르니 제목으로 책을 찾지 않고 그림으로 기억해서 찾아주었다. 빨리 안 준다고 화를 내면서 그냥 가는 경우도 부지기수였다. 한글 제목은 그나마 좀 나았다. '신동아(新東亞)'처럼 한자로 된 잡지는 참 외우기가 힘들었다. 잘하는 일도 돈을 벌려고 하면 힘든 법인데 얼마나 힘들었을까?

또 다른 어르신은 얼마 전까지만 해도 은행에 갈 때는 늘 팔걸이를 하고 다녔다. 팔을 다친 척하면서 창구 직원한테 대신 써달라고 했다. 글자를 모른다는 말은 죽기보다 하기 싫었다. 그래서 은행에 갈 때마다 팔이 부러져서 깁스를 했다고 장황하게 설명해야 했다. 지점도 바꾸어가면서 멀리까지 가기도 했다. 직원이 의심할까 봐.

영화 〈더 리더: 책 읽어주는 남자〉가 한 번씩 생각난다. 아주 오래전에 본 영화다. 복지관에서 한글 수업을 한 이후, 이 영화가 떠오르는 일이 자주 있다. 가장 잊히지 않는 부분은, 문맹인 주인공 여자가 치부를 숨기려고 법정에서 남의 죄를 다 뒤집어쓰고 무기징역형을 받는 장면이다. 자신이 까막눈이라고 밝히는 것보다 생명을 내놓는 일이 더 쉬웠던 것이다.

법대생 남자 주인공은 한나가 문맹임을 알고도 증언하지 않는다. 왜 그랬을까? 사랑하기 때문에? 자존심을 지켜주고 배려하려고 그랬을까? 애인의 목숨보다 그 비밀을 지켜주는 것이 더 중요한가? 어쩌면 문맹인 것이 한나 개인의 잘못이고, 부끄러운 일이라고 생각하는 게 아닐까? 문맹은 일반적으로 사회적 상황이 만든 것이며, 개인의 질병이 아니라 사회의 질병인데도 말이다.

한나를 향한 마음이 사랑이고 문맹이 부끄러운 일이 아니라고 생각했다면, 남자는 법정에서 사실대로 말하여 일단 사람을 구했을 것이다. 그리고 제목처럼 '책 읽어주는 남자'가 되어 여자의 까막눈을 치료해주었을 것이다. 진실을 밝히고 문맹이 부끄러운 것이 아님을 말해주는 것이 오히려 사랑이고 배려가 아닌가?

한글반 학생들도 영화 속 여인 한나처럼 자신이 까막눈임이 밝혀지는 것이 죽을 만큼 고통스럽고 두려웠다. 글을 읽고 쓸 줄 모른다는 사실을 감추기 위해 소모하는 에너지가 얼마나 큰지 모른다. 동사무소에 가서도 그랬을 것이다. 식구들은 바쁘니 본인이 가야 하는데, 글자를 모르니 겁이 나고 부끄럽고 뭐가 뭔지 알아들을 수가 없다. 그런데 어딜 가나 서명하란다. 차라리 다친 척하자. 대신 써달라고 하자.

그래도 나이가 들어서는 오히려 좀 편해졌다고 한다. 까막눈이라 버스 번호도, 가는 방향도 모르지만 그럴 때는 옆사람에게 묻는다. 늙어서 눈이 나빠져서 잘 안 보인다고 거짓말하면 된다.

농경사회가 아니라 산업사회, 정보화 시대인 오늘날 문해 능력은 생존을 위한 필수적인 도구다. 비문해자는 생존 자체가 어렵다.

늦은 편지

박달막

눈뜬 장님으로 결혼해
군에 간 남편에게
편지 한장 못했다.

그 먹먹한 가슴
누구에게 말할까?

꼬부랑 할미꽃이 된 지금
돌아가신 남편에게
늦은 편지를 쓴다.

여보 당신 참 장하구나.
칭찬 듣는
꿈을 꾼다.

군에 간 남편에게 새댁이 편지를 하지 못했다. 까막눈이라. 그 먹먹한 마음을 누구에게 말할까? 남편에게 편지 한 장 쓰지 못한 고통이 너무나 힘들었다. 당장 어디 가서 한글을 배우고 싶었으나, 그 시대에는 어디에서도 한글을 가르쳐주지 않았다. 지금이라도 편지하여 칭찬을 받고 싶었다. 어떤 칭찬일까? 잘 살아온 일? 아니면 편지를 잘 쓴 것?

서명하는 것조차 힘들고 등기우편 받기도 어려운데 어찌 편지 쓰는 것을 꿈이라도 꾸었겠는가? 사랑하는 남편에게 보내는 편지니 남에게 대신 써달라고 할 수도 없고. 까막눈은 사랑도 남의 일이다.

세상은 자꾸만 복잡해지고

우리나라에 문자 미해득자는 얼마나 될까? 2017년 국가평생교육진흥원 조사에 의하면, 성인 중 7.2%인 311만 명이 일상생활에서 필요한 최소한의 문해도 안 된다고 한다. 성인 100명 중 7명 정도는 읽기, 쓰기가 전혀 안 된다는 뜻이다. 100명 중 16명은 읽기는 읽어도 뜻은 모른다고 한다. 생각보다 많다. 평균학력이 이렇게나 높은 나라에서 말이다. 특히 70대 이상은 28.7%가 문맹이다. 세 명 중 한 명꼴이다.

이런 사람들이 사회생활을 하는 데 불편함이 없도록 가르치는 것이 바로 문해 교육이다. 문해(文解)는 단순히 글자를 읽고 뜻을 이해하는 문자해득(文字解得)이라는 좁은 의미보다는 문화이해(文化理解)라는 넓은 의미다. 문자를 해득하고 문화를 이해하는 능력이 없는 사람들을 위한 교육이다. 따라서 우리 문화를 잘 모르는 이주여성이나 새터민들도 문해 교육 대상자가 된다.

오늘날 국제결혼이 증가하면서 다문화 가정이 많아졌다. 이에 따라 문화 간 충돌이 발생하는 일도 흔하다. 이런 경우에는 문화를 통합하고 한국말과 한글을 가르치는, 이름하여 가족 문해 교육이 필요하다. 앞으로도 성인 문해 교육의 수요는 계속 있을 것이다. 주로 노인복지관 같은 공공기관에서 맡아 진행하는데, 국가주도의 성인 문해 교육은 2010년 전후로 활성화되었다.

요즘 사회는 무척 빠른 속도로 변하여 점차 높은 문해 능력을 요구한다. 이제는 글자만 알면 되는 때가 아니다. 모바일로 기차표를 사는 시대이다 보니, 명절 연휴에 젊은 사람들은 앉아서 가고 노인들은 서서 가더라는 이야기를 들었다. 역에 두 시간이나 일찍 나가도 표를 구할 수가 없기 때문이다. 할머니 유튜브 스타 박막례는 이렇게 말했다.

"젬병, 카드 없고 기계 못 만지면 밥도 못 먹나?"

패스트푸드점이나 일반식당에도 들어서는 무인기계(키오스크)가 노인들을 소외시키고 있다. 세상이 자꾸만 복잡해지니 건강, 금융, 교통, 정보 등 생활 전반으로 확대해서 문해 교육을 해야 하는 상황이다.

게다가 늦깎이 학생들은 학습하다 중단하면 금방 비문해자가 되어버린다. 부족한 것을 이제 와서 채우기도 힘든데, 세상은 점점 더 복잡해지고 요구하는 것도 많다. 늙어 몸은 아프고 힘도 부치고 여러 가지로 불리한 상황이며 힘든 형편이다.

노인 학생들을 보고 있으면 안타까울 때가 참 많다. 그래서 가르치는 사람이나 배우는 사람이나 늘 마음이 조급하다. 시간이 별로 없어서. 할 일은 많고 시간은 없다.

계속 배우고 싶어요

한글반 학생들의 평균 나이는 80세. 주로 1940년대 초반에 태어나, 전쟁이 한창이던 때에 아동기를 지나는 바람에 공부를 하지 못했다. 피란 간다고, 학교가 파괴되어서, 오빠의 전사로 집안이 풍비박산되어서, 화재로 학적이나 면사무소 기록이 없어져서 등등 여러 가지 사정이 생겨 학교를 가지 못했다. 이북에서 월남한 분들도 대부분 이남에서 다시 학업을 계속하기가 어려웠다. 이산과 실향의 아픔, 월남하면서 가족을 잃은 상

계속 배우고 싶어요

강희경

내 나이 여덟 살

군대에 간 오빠가 전사를 했다

집안은 난리법석

나는 까막눈이 되었다

지금은 복지관에서 공부하고 있다

너무나 좋다

마음에 와닿는다

계속 배우고 싶다

하지만 몸이 아파서 힘들다

계속하고 싶은데

몸이 아파 끝까지 할 수 없을 것 같아 두렵다

처 등 말할 수 없는 고통을 당하신 분이 의외로 많았다. 일제 말기의 잔악한 만행을 경험하고, 전쟁으로 인해 피폐해진 삶을 살아온 이분들만큼 파란만장한 세대가 또 있을까?

우여곡절을 겪고 일흔을 훌쩍 넘겨서 겨우 복지관에 한글 교육을 받으러 왔는데, 이제 최고 복병인 질병이 기다리고 있다. 대부분이 젊어서 고생을 많이 하신 탓에 몸이 많이 좋지 않다. 그래서 시간이 많지 않다. 생명은 유한하므로. 남북 이산가족 문제, 위안부 문제, 노인 문제는 항상 생명의 유한성을 염두에 두고 해결을 서둘러야 한다.

앞의 시 〈계속 배우고 싶어요〉를 쓴 어르신도 지금 병원에 계신다. 안타깝다. 얼마나 복지관에 오고 싶어 하셨는데. 빨리 회복되어 뵙게 되기를 기도한다.

망태기

나 어릴 때 가방은
망태기 였다.
망태기 어깨 메고
풀풀 나는 먼지 속에
뒷동산 오르락 내리락
나무하며 자랐다.

세월 흘러 어느새
호호 백발 되고 나니
망태기 메던 어깨에
자식들이 예쁜 가방 걸어 주네.

이 늦깎이 학생
간절히 부탁한다.
세월아 제발 멈춰다오
이렇게 예쁜 가방 메고
오래 오래
학교 다니게.

최곡지

46

요즘 젊은 사람들은 망태기를 잘 모른다. 짚으로 만든 옛날 가방이다. 주로 꼴을 베거나 밭에 수확하러 갈 때 가지고 간다. 짚으로 만들었기 때문에 먼지가 풀풀 난다. 좀 쓰고 나면 늘어 나기도 한다.

글쓴이는 망태기를 메고 산을 오르락내리락 하며 나무를 하러 다녔다. 망태기 안에 솔방울이나 떨어진 솔잎(흔히 '갈비'라고 한다)을 주워와 땔감으로 썼다. 그렇게 어린 시절을 보내느라 공부를 하지 못했다.

이제 호호백발이 되고 나니 망태기를 걸었던 그 어깨에 자식들이 명품 가방을 하나씩 걸어준다. 사돈도 사다 준다고 한다. 망태기 메던 내가 명품 가방을 메니 얼마나 기분이 좋은가. 게다가 가방 속에는 땔감이 아닌 책이 들어 있다. 신이 나고 행복에 겹다. 하지만 세월이 너무 빨리 간다. 이제 겨우 공부를 시작했는데. 세월아, 이 늙은 늦깎이 학생이 부탁한다. 멈추어다오, 공부 좀 하게 해다오.

어르신들은 이제 공부 못 한 것보다 세월 가는 것을 한탄한다. 무정한 세월아, 제발 멈추어다오. 뒤도 안 돌아보고 가는 세월을 원망한다. 어르신들이 쓴 시나 일기에 유독 이런 내용이 많다. 가는 세월이 무심하고 안타깝다. 붙잡고 싶지만 세월을 막을 수가 없다.

노인 학생들을 힘들게 하는 요소 중 하나는 가는 세월로 인한 초조함이다. 다른 사람은 잘하는 것 같은데 자신만 못하는 것 같아 힘이 든다. "평생을 밥만 먹고 똥만 쌌구나" 하고 한탄하신다. 마음도 닫고 몸도 닫고 있었던 지난날이 후회스럽다. 조금만 더 젊었으면 하는 것이 모두의 바람이다. 초조함과 후회와 자책이 발걸음을 더 더디게 한다.

복지란 무엇일까를 생각해본다. 복지는 모두가 행복해지는 것이다. 그런데 행복의 조건은 사람마다 다르다. 우리 어르신들에게는 배움이다. 알면 행복해진다. 집안청소를 해주고, 말벗이 되어주고, 무료 급식을 하는 것보다 이분들이 시대에 맞춰 살아갈 수 있게끔 꾸준히 도와주는 것이 필요하다.

교육이 복지다. 그래서 노인복지관에서 운영하는 평생교육이 정말 중요하다. 복지관에서는 비문해자를 위해 끊임없이 새로운 프로그램으로 스마트폰 교육, 금융 교육 등을 계발하고 있다. 학생들의 필요를 채워주려 최선을 다한다. 참으로 고맙고 기쁘다.

학교

양영자

나는 어릴 적에 공부를 하지 못했다
어머니께 한없이 언망을 했다.

내 나이 칠십에 1학년 2학년
공부를 한다.

칠십에 배우는 공부 무척 행복하다.
나는 오늘도 즐겁게 학교에 간다.

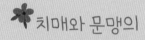

치매와 문맹의

슬픈 동거

떠듬떠듬

하위교

촌에서 부산에 온 지도 40년

옛날 어른들 글 배워 어디에 쓰느냐?

지난 세월 서러움과 어려움 표현할 길이 없습니다

이제 복지관 인연으로

떠듬떠듬 눈을 뜹니다

몸이 아프고 마음은 급하고

다른 분들은 진도도 빠른데

나는 왜 이리 힘드는지?

꼬박꼬박 열심히

노인복지관 한글교실은 간절함과 절실함으로 넘친다. 글쓴이처럼 하루라도 빨리 글자를 익히고픈 마음으로 초조해한다. 그래서 어느 복지관이나 제일 열심히 공부하는 반이 바로 한글반이다.

"선생님 반 학생들이 제일 열심히 하네요."

어디서나 듣는 말이다. 눈뜨자마자 복지관의 문이 열리기도 전에 미리 와서 기다린다. 그러다가 뒷문으로 들어온다. 직원용 문으로.

기대 수명이 높아지고 노인들의 건강이 좋아지고 복지시설도 많아지면서, 부쩍 한글 공부에 관심과 열의가 높아진 요즈음이다. 게다가 문자 생활이 대중화되어 문자를 모르고는 살기가 더 힘들어진 시대라 문해 교육의 필요성이 증대되었다.

자발적인 학습만큼이나 재미있고 가르치는 보람이 있는 것이 있을까? 교사생활을 하면서 경험해보지 못했던 기쁨을 절절히 느끼고 있다. 얼마나 행복한지 모른다. 마음껏 가르치고픈 나의 한을 풀어주는 고마운 분들이다.

이곳은 늦게라도 까막눈에서 벗어나 좀 더 편하고 자유롭게 살고 싶어서 오는 분들이 대부분이다. 남편이 병들거나 돌아가셔서 홀로서기 준비를 위해 오시기도 한다. 아니면 치매 예방이 된다고 하니 시간이라도 보내려고 오는 분도 간혹 있다. 그런데 뜻밖에도 치매 초기 증세를 보인다는 어르신이 찾아왔다. 보호자가 따라와 한글 수업을 통해서 증세 호전을 기대한다고 말한다. 잘 부탁드린다고. 너무 부담주지 말고 편안하게 수업에 임할 수 있도록 해달란다.

한 달쯤 뒤에 그 어르신과 이야기를 나눌 기회가 있었다. 글자를 잊으니 말이 잘 안 돼서 한글교실에 온다고 하셨다. 일상에서 가족들과 대화를 나눌 때 갑자기 말이 떠오르지 않는다고. 그런데 한글 수업을 하고 난 후부터 대화하는 데 불편을 느끼지 않는다며 참 고마워하셨다. 말과 글자가 이렇게 깊은 관계가 있는 줄 미처 몰랐다.

그 후 어르신은 한 번도 빠짐없이 꼬박꼬박 열심히 참여하셨다. 먼 길임에도 불구하고 버스를 타고 또 한참을 걸어서 오셨다.

공부한 지 2년 가까이 되었는데 지금은 지극히 정상적이다. 손가락 힘이 좀 빠져서 글씨 쓰기가 마음대로 신속하게 되지 않는 점만 빼면 아무 문제가 없다. 표정도 더 좋아지고 한글 실력도 부쩍 늘었다. 숙제도 잘해오시고 대답도 제일 잘하신다.

치매와 정상의 경계가 어디인지 궁금하다. 어르신을 뵐 때면 '치매를 너무 두려워할 필요가 없는 게 아닌가?' 하는 생각이 든다. 일찍 발견만 하면, 꾸준히 인지 교육을 하면서 현상 유지를 해나가면 행복하게 병과 더불어 살아갈 수도 있겠다는 생각을 하게 된다.

문맹은 치매를 부른다

과연 문자 교육이 치매 예방이나 치료에 도움이 되는 걸까? 문맹과 치매에 연관관계가 있는 걸까?

최근에 〈치매와 문맹의 슬픈 동거〉라는 글을 읽은 적이 있다. 〈알츠하이머병 저널〉에 알츠하이머 환자 6,000명을 대상으로 한 결과를 발표했는데, 분당서울대병원 정신의학과 연구팀(김기웅 교수)이 내놓은 연구 결과다(2017년 6월). 우리나라 치매 환자의 16%는 그 원인이 문맹 때문이라는 것이다. 문맹률이 높은 남미나 아프리카 등지는 인구의 70%가 문맹으로 인한 치매 발생 위험에 노출되어 있다. 무서운 이야기다.

문맹도 서러운데 그것 때문에 치매가 왔단다. 그래서 슬픈 동거다. 문맹은 치매를 부른다. 자식들은 이 점에서 '진작 한글을 가르쳐드릴걸' 하고 후회한다. 문해력이 높은 사람일수록 인지능력과 기억력 감퇴 속도가 느려져 문맹자보다 치매 발병률이 낮다는 게 의학계의 정설이다. 치매 환자가 거의 100만에 이르는 이 시대(2025년)에 정부는 치매 국가책임제를 약속했다.

경제적 부담을 덜어주려는 것이다.

하지만 이미 걸린 치매는 어찌할 수 없다. 가족이 다 불행해지는 것이 기정사실이기에 치매를 가족 공동의 질병이라고 한다. 따라서 치매에 걸리기 전에 예방책을 내놓아야 한다. 천문학적인 사회적 비용을 덜려면 예방이 중요하다. 앞의 연구에 의하면, 문맹을 퇴치하면 치매 관리비용이 약 60조 원이나 절감된다고 한다. 글을 배워서 행복하고, 비용을 절감해 국가에 이익이니 얼마나 효율적인가?

치매 환자의 세 가지 특징으로 '저학력, 문맹, 고령'을 꼽는다. 그런데 여기에 여성이라는 요소도 들어갈 듯하다. 여성의 문맹률이 압도적으로 높으니 말이다. 나의 제자들은 다 여기에 해당한다. 치매 발병 위험이 가장 높은 집단이 한글반 학생들이다. 다행히도 내가 가르친 5년 동안, 몇 백 명의 제자 중 단 한명도 치매가 발생하지 않았다. 암으로 세상을 뜨신 분은 두 분 있지만. 문자 교육 덕분이라고 생각한다. 나는 격려 차원에서 수업 시간에 늘 이야기한다.

"여기는 학교이자 병원입니다. 그리고 뇌 운동을 하는 운동장입니다. 지금 우리는 얼마나 많은 경비를 절약하고 있는지 모릅니다. 정말 잘 오셨어요."

우리 뇌는 할 일이 없으면 자살을 한다. 알츠하이머 발병의 여러 가지 원인 중 하나다. 문맹자에게 글자공부를 하도록 하는 것이 알츠하이머 발병률을 낮추는 가장 좋은 방법이다. 그러니 자식들은 부모님에게 문자 교육을 통해 뇌를 자극해주는 데 관심을 가져야 한다. 후회하기 전에.

시작은 하루라도 더 빨리

공부를 언제 시작했느냐에 따라 능률은 엄청나게 차이가 난다. 눈이 더 나빠지기 전에, 허리가 더 아프기 전에, 손에 힘이 좀 남아 있을 때 해야 한다. 그런데 놀라운 일은 어릴 때 학습 경험이 있느냐 없느냐에 따라 큰 차이를 보인다는 점이다. 단 몇 개월이라도 학교에 다닌 사람과 학교 문턱에도 못 가본 사람은 학습 효율성이 하늘과 땅 차이다.

자매지간인 어르신들이 있는데, 언니가 귀가 잘 들리지 않아 꼭 동생과 함께 앉는다. 언니는 초등학교를 1년 다니셨다. 연세도 많고 귀도 잘 안 들리는 악조건에서도 동생보다 이해력이 훨씬 높다. 80여 년 전에 배운 것이 기억에 남아 있을 리는 없고, 그때 뇌가 문자에 반응하는 방법을 익혀서 아닐까?

치매센터 의사들의 말에 의하면, 조금이라도 학습한 경험이 있는 사람은 치매 발병률이 낮다고 한다. 그래서 치매 검사를 할 때 가장 먼저 고려하는 것이 학력이다. 어린 시절에 일본어로 공부했는지 한국어로 공부했는지도 중요한데, 한국어로 공부한 사람이 발병률이 낮다. 왜 그럴까? 한국어가 일본어보다 우수해서라기보다는 그동안 한국어로 읽고 쓰는 생활을 하면서 사고했기 때문이 아닐까?

이제 문맹과 치매의 슬픈 동거를 끊어버려야 한다. 내 제자들의 자녀가 그랬던 것처럼, 문맹인 부모를 둔 사람은 한시라도 빨리 앞장서서 노인복지관을 소개하고 한글교실로 모시고 가야 한다. 특히 학교 문턱에도 가본 적이 없거나, 일제 치하에서 일본어로 공부했던 어르신은 하루빨리 문해 교육을 받게 해드려야 한다.

2017년 국가평생교육진흥원 조사에 의하면 치매가 올 확률이 높은 사람, 즉 비문해자는 80대 이상이 67.7%, 70대는 28.7%이다. 그런데 이 중 11%인 34만 명만 문해 교육에 참가하고 있는 실정이다. 90%는 여러 가지 이유로 학습의 장에 나오지 않는다.

통계에서 보듯, 비문해자가 문해 교육에 참여하기란 쉽지 않다. 문해 교육기관이 아직도 부족하고 교통이나 시설 등 여건이 좋지 않는 것이 이유이기도 하지만, 가장 큰 이유는 어르신들이 아동기에 박탈당한 교육 기회로 인하여 교육의 중요성과 필요성을 직접 체험하거나 지각할 기회가 부족하기 때문이다.

"지금 다 늙어서 배워 뭐 하겠노? 괜히 힘만 들지."

한글반 학생들이 주위 친구들에게 같이 배우러 가자고 권하면 많은 분이 이렇게 이야기하신단다. 복지관에 스스로 혼자서 오는 경우는 거의 없다. 대부분 주변인의 도움으로 온다. 이미 참여한 친구가 알려줘서, 자녀의 추천과 지원이 있어서 발걸음을 옮긴다.

친구 따라 강남 간다고, 학습의 지속 여부를 결정하는 데 중요한 요인은 같이 공부하는 친구다. 지치고 몸이 아파 힘들어서 공부를 그만두고 싶을 때, 친구의 격려와 동행은 큰 힘이 된다. 문해 교육에서 주변인의 도움은 정말 중요한 요소다.

어떤 분은 계 모임을 하던 동네 친구 네 명을 한글교실에 데리고 왔다. 좋은 곳은 친구들에게 소개해야 한다고. 함께 남아서 숙제도 하고, 같이 공부하고, 서로 의논하는 모습을 보면 참 아름답다. 혼자 하는 것보다 훨씬 발전이 빠르고 공부하는 기쁨도 크다.

늦깎이로 가나다라를 배우는 분, 초기 치매를 다스리기 위해 한글교실을 찾는 분 모두 존경스럽다. 너무나 고마운 분들이다.

이제는

이재금

나는 글을 배우고 싶었다.
한이 되었던 꿈을
이제는 이루었다.

팔십 평생
설움과 부끄러움과 함께 한 세월
이제는 한을 풀었다.
영광이다.

이제는
어디로 가도
자신감을 갖고
힘 있게 살 것이다.

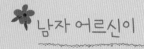

남자 어르신이

더 외로운 이유

소 때문에

박화원

어린 시절
내가 없으면 소를 키을 수 없었다.

그래서
학교에 가지 옷했다.

어느 날
친구들이 책보를 메고
학교 가는 겄을 보았다

눈물이 나고 마음이 아팠다.
집에 와 펑펑 울었다.

그래도
또 고삐를 잡고
소를 먹이러 갔다.

소야 너는 풀을 먹으니 기분이 좋지?
나는 너무 아프다 울고 싶다

61

가난이 문제다, 옛날이나 지금이나

옛날 주로 농사지으며 살 때, 집집마다 소가 한 마리씩 있었다. 소는 농사를 짓는 데 없어서는 안 되는 소중한 존재다. 그 소가 먹는 꼴을 누군가는 책임져야 하는데 바로 아이들이다. 아직 소 꼴을 벨 정도의 나이가 안 되면, 소를 몰고 꼴을 먹이러 가야 한다. 어린 나이에 혼자서 우두커니 하루 종일 소와 함께 있어야 하는 이 일은 엄청난 고역이다.

나도 유년기의 어두운 기억 중 하나가 혼자서 소 먹이러 가던 일이다. 소는 부담과 외로움과 슬픔이었다. 학교 다녀오기 무섭게 점심을 먹자마자 소를 끌고 둑으로 갔다. 소 뒷발에 차이기도 하고, 고삐를 놓치고 넘어지기도 했다. 어린아이에게 소 먹이기는 참 힘든 일이었다.

이 집은 학교도 안 보내고 소를 먹이러 가라고 했나 보다. 다른 아이들은 책보를 들고 학교에 가는데, 지은이는 책보 대신 소고삐를 잡고 학교 대신 산이나 강둑으로 갔다. 친구들이 부러워 집에 와서 펑펑 울었다. 가슴 아픈 부분은 그다음이다. 다음 날, 그래도 또 고삐를 잡고 소를 먹이러 나간다. 없는 집 아이가 철이 빨리 든다고, 뻔히 집안 형편을 아니 반항도 못 하고 묵묵히 자기 일을 한다.

'소야, 너는 풀을 먹으니 기분이 좋지? 나는 아프다. 울고 싶다.'

어린아이의 안타깝고 슬픈 독백이다. 이 세대는 모두 공감하는 내용이다. 소 때문에 공부를 못 한 사람들이 참 많았기 때문이다. 사실은 소 때문이 아니라 가난이 문제임을 우리는 다 안다. 지금도 이 가난이 노인들의 학습을 방해한다.

작년 봄, 밤 9시쯤 되었을까? 갑자기 통장 정리할 일이 생겨 집 주변에 있는 은행에 간 적이 있다. ATM기가 있는 곳으로 들어가려는데 한 70대 후반의 어르신이 앞을 막더니, 글자를 모르니 입금을 대신 해달라고 한다. 누가 오기를 손꼽아 기다리며 출입문 앞을 서성이셨던 것 같다.

안타까운 마음에 나는 한글을 가르치는 교사인데 노인복지관에 오시라고, 그러면 금방 배울 수 있다고, 은행 거래도 잘할 수 있다고 안내했다. 그랬더니 뜻밖에도 배우고 싶지만 입에 풀칠하려니 돈을 벌어야 해서 시간이 없다고 하신다. 구겨진 돈을 한 장 한 장 헤아리며 글자는 몰라도 돈은 잘 센다고 하면서, 천 원짜리와 만 원짜리를 합쳐 3만 7천 원과 통장을 내민다. 그러고는 여러 기계 중 두 번째 ATM기가 입금이 잘된다고 알려주신다. 아마도 날마다 혹은 자주 이곳에 오신 것이리라. 아니나 다를까 통장을 펼치니 거의 매일 금액은 다르지만 입금이 되어 있었다. 하루하루 매상을 그날 저녁에 은행에 넣으시나 보다.

우리나라는 OECD 국가 중 노인 상대적 빈곤율(중위 소득

50% 이하인 계층이 전체 인구에서 차지하는 비율)이 압도적 1위다. 2018년 OECD 통계에 의하면, 우리나라는 노인 상대적 빈곤율이 45.7%이다. OECD 회원국가 38개국 평균은 12.5%이다. 우리나라가 네 배 가까이 높다. 세계 경제규모 10위권 국가의 부끄러운 민낯이다.

통계청 통계에 따르면, 70~74세 취업률은 33.1%이다(2018년 9월). 최상위 국가인 에스토니아가 15.6%, OECD 회원국 평균은 15.2%이다.

한국 노인은 취업률도 세계 1위, 빈곤율도 세계 1위이다. 노인 10명 중 3명 이상은 생계를 위해서 아직도 일을 하고 있으니, 은행에서 만난 분도 여기에 해당되리라. 어려서도 가난해 공부를 하지 못했고, 노인에 되어서도 가난이 발목을 잡는다. 글을 배우는 데는 무료지만, 시간이 없어서 배우지 못하는 것이다. 가난해서 시간이 없다.

사람이 제 나라의 글자를 쓰고 읽는 법을 배움은 기본적인 인권이 아닌가? 국민으로서, 시민으로서 기본적으로 교육받아야 할 권리가 있다. 국가는 인권 차원에서 어떠한 방식으로든 한글 교육을 해야 한다. 글자를 몰라서 은행일도 보지 못하고, 시계를 볼 줄 몰라서 시간도 자기편이 아닌 이들에게 세상은 너무 폭력적이다.

빈곤층 노인을 위해 국가에서 노인 일자리 사업을 추진하고 있다. 노인이 노인을 케어하는 노노케어, 사회활동을 지원하거나 공익활동을 하면 정부에서 소득을 지원하는 제도다. 한글교실 학생들 중 많은 분이 이 사업에 참여한다. 그래서 귀한 수업에 종종 불참한다. 마음이 참 안타깝다.

감히 제안해본다. 노인 빈곤층 문자 미해득자는 한글교실 수업을 하는 것으로 활동을 대신하면 안 될까? 노인이 할 수 있는 일은 극히 미미하다. 고로 한글 수업을 받게 해서 노동한 것으로 간주하고 임금을 드리면 좋겠다. 치매도 예방되어 치매 치료 비용을 아끼게 되면 결국 국가의 이익이 아닌가?

매년 초에 노인 일자리 신청하느라 복지관을 가득 메운 어르신들을 보면서 '저분들 중 비문해자는 한글교실에 오는 게 더 급한데' 하는 생각이 머릿속에서 떠나지 않았다. 글자를 모르면 일도 잘 못 하실 테니 말이다. 실제로 일을 시키는 기관에서 어르신들이 근무일지라도 쓸 수 있도록 글자를 가르쳐달라고 복지관에 의뢰해오는 일도 있다.

가난하지만 공부할 수 있는, 아니 가난도 극복하고 비문해에서도 벗어나게 하는 방법은 없을까? 아까운 시간만 자꾸 흐른다.

유일한 은사

박화일

나는 시골에 살았다

공부를 못했다

암담했다. 괴로웠다

친구 소개로 부산에 왔다

막막했다. 여러 가지 장사를 했다

이제 복지관에 와서

글을 배웠다

기쁘다. 행복하다

복지관 선생님이

내 인생의 유일한 은사이시다

가장이라는 무거운 책임으로

나의 제자들은 대부분이 여성인데 남성도 몇 분 있다. 이 시를 쓴 분은 남성이다. 여자 학생들은 남자 학생에게 연민을 느낀다. 남자이기에 더 큰 고통을 겪었으리라 생각한다.

"얼마나 힘들었을까? 글을 모르면 여자는 생활이 좀 불편할 뿐이지만, 남자는 생계를 책임져야 하는데 얼마나 고달팠을까?"

가장으로서 책임은 무겁고 능력은 없다 보니 평생 주눅 들어 살았겠다고 짐작한다. 이곳에 배우러 오는 데 얼마나 큰 용기가 필요했을까 싶고, 보통 마음으로는 오지 못했으리라 생각한다. 자신들도 힘들었으니.

이 시의 글쓴이는 친구의 소개로 부산에 왔는데 막막했다고 한다. 자식들 거느리고 생계를 책임져야 하는 가장의 고뇌가 보인다. 닥치는 대로 여러 가지 장사를 했다. 그러다 보니 이제까지 먹고사느라 바빠 배울 기회가 전혀 없던 이분에게, 칠십 줄에 만나 한글을 가르쳐준 내가 유일한 은사다.

남자 학생들은 자기 이야기를 거의 하지 않는다. 특히나 어려웠던 일은 더더욱. 딱 한 번 들은 적이 있는데, 아이들 키울 때 제대로 도와주지 못한 것이 제일 가슴 아프다고 하셨다. "어떻게 하면 공부를 잘할 수 있느냐?"는 아들의 질문에 답하지 못

한 것이 평생의 한이다. 학교 문턱도 못 넘어본 자신이 부끄럽고, 그래서 아들에게 제대로 된 조언을 해줄 수 없다는 게 가장 마음 아팠나 보다.

우리나라 문맹자 중 남자는 얼마나 될까? 내가 가르치는 반의 경우 보통 한 반에 한 명 정도이니, 3%로 잡으면 311만 명 중 8~9만 명 정도쯤 되려나? 그런데 2019년 초급반에는 30여 명 중 다섯 사람이나 남자 학생이다. 갑자기 남자 어르신들이 늘었다. 더 이상 불편을 참을 수 없어서일까, 아니면 용기가 생기신 걸까? 그중 한 분은 부인과 함께 오셨다. 정말로 대단한 커플이다. 늦었지만 지금이라도 오셨으니 얼마나 다행인가? 부부가 다정스레 나란히 앉아서 공부하시는 모습은 보기에 참 좋다. 급우들의 부러움을 사고 있다.

여자 학생과 비교해볼 때 남자 학생은 숫자가 아주 적다. 굶어도 아들은 공부시키는 시대였으니, 남자 비문해자는 특별한 사정이 있는 경우가 대부분이다. 그래서 여자보다 배움이 더 힘들다. 사정이 비슷한 동료도 드물고 더 깊은 아픔이 있어서.

남자 학생들은 참 외로워 보인다. 평생을 좌절과 불안, 외로움 속에 보냈는데 이제 배우러 와서도 또 외롭다. 여자 학생들은 삼삼오오 이야기도 하고, 맛있는 음식을 나누어 먹기도 하고, 같이 식사도 하면서 교제를 한다. 그런데 남자 학생들은 그렇지 않다. 아니, 그렇게 하지 못하는 것 같다. 그저 시간에 맞춰 수업 시간에 들어왔다가 마치면 바로 사라지신다. 서로 말한 마디 없다. 자기 존재에 대해 수치심이 많은 듯 보인다. 여자들 앞에서 민망하고 부끄러워서이기도 할 것이다. 수업 시간 자체가 견디기 힘들지도 모른다.

이를 지켜보는 교사는 매번 안쓰럽고 마음이 아프다. 그래서 남자 학생들은 따로 반을 만드는 것이 어떨까 싶다. 그러면 학습 효과가 더 높고, 남자들끼리 사귐도 있고 의지가 되지 않을까? 하지만 현실적으로 불가능한 일이다.

그동안 서럽고 힘들고 버거운 삶을 살아온 남자 제자들이 가장으로서 짊어진 부담감과 책임감을 훨훨 벗어버리고, 이제 자유롭고 즐겁게 편안한 노후를 보내면 참 좋겠다. 그들이 어깨를 활짝 펴고 자신 있게 크게 웃는 모습을 보고 싶다. 어둡고 불행한 터널에서 벗어나기를 간절히 바란다.

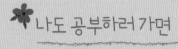

나도 공부하러 가면

안 되겠니?

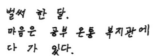

눈물바다

김영숙

거제도
아들네에
손주 봐주러 왔다.

벌써 한 달.
마음은 공부 온통 복지관에
다 가 있다.

고민 고민
몇 번이고 생각 끝에 말했다.

아들아, 내가 공부하러 부산 복지관
가면 안 되겠니?

아들 며느리
온 식구가 눈물 바다가 되었다.

미안하다 아들아.
이 엄마는 정말
공부가 하고 싶단다.

공부하러 오기까지도 힘들었지

이 글의 지은이는 몇 년째 열심히 수업을 받으러 오셨다. 이곳저곳 나를 따라다니면서 공부하시는데, 일주일에 다섯 번이나 참석할 정도였다. 그런데 온 마음을 쏟으시더니 어느 날 갑자기 나오지 않으셨다. 결석이라고는 모르는 최고 모범생이었는데. 궁금하여 친구분에게 여쭈어보니 거제도 아들네에 가셨단다. 지금까지 손주를 키워주던 외할머니가 몸이 아파서 급히 불려가셨다고. 곧 오시려니 했는데 이주일이 다 가도록 오지 않았다.

"선생님, 곧 갈게요."

전화드릴 때마다 이렇게 말씀하셨는데 안 오신다.

다음 시 〈소경이 눈을 뜨다〉는 이분이 몇 년 전에 쓴 글이다. 이 글에 의하면, 처음 수업하러 올 때도 아주 힘들게 오셨다. 6개월을 그렇게 헤매다가 포기하셨단다. 길 가는 사람에게 말 한마디 못 물어보았다. 자식들한테 어디 가면 한글을 가르쳐주는지 물어나 보시지, 부끄러워서 자기가 키운 자식들한테도 그 말을 못하다니……

2년 뒤 다시 용기를 내어 또 연산동에 왔다. 한 20분 거리를 찾아온 것이다. 어느 날 많은 노인이 죽 줄을 서서 차 타는 모습을 보고는 무작정 버스를 탔다고 한다. 그게 바로 복지관 가는

소경이 눈을 뜨다

김영숙

산에서 점심을 떠다가
지나가는 사람이 하는 말
"연산동에서 한글 공부를 한다."
그 말만 듣고 6달을 찾아 헤매었다.

그렇게 해서 시작한 공부
오늘날이 있기까지
정말 소경이 눈 뜬 것보다
더 즐겁다.

선생님 감사합니다
아직도 많이 부족하지만
캄캄한 내 눈을 뜨게 해 주어
고맙고 감사합니다.

셔틀버스였다. 바로 찾은 것이다. 이런 우여곡절 끝에 한글교실에 들어오게 되었다. 얼마나 간절했을까? 자나 깨나 오로지 그 생각밖에 없었다. 그러니 학구열이 높을 수밖에.

험한 고비를 넘기고 천신만고 끝에 나의 제자가 되었는데 이번에는 손주가 발목을 잡았다. 비어 있는 자리를 볼 때마다 마음이 아팠다. 자식들 때문에 희생하고 살았는데 이제는 그 자식의 자식 때문에 또 희생을 해야 하나? 거리라도 가까우면 아이를 업고 오시면 될 텐데…….

실제로 어떤 분은 아이를 업고 왔다. 손녀를 업고 수업에 임했다. 아이는 지겨워서 업힌 상태로 잠이 들었다. 골든벨 대회를 할 때도 아이와 함께 참석했다. 마치 50~60년대 교실 모습을 방불케 했다. 이렇게라도 공부하고 싶어 하는 마음을 누가 이해할 수 있을까? 그 누가 알겠는가, 한 맺힌 이분들의 몸부림을. 자식이? 복지부가? 교육 당국이? 눈시울이 붉어질 때가 한두 번이 아니다.

고3 교실이 이렇게 조용할까 싶다. 기침소리도 없다. 숨소리 하나 들리지 않는다. 두 시간을 꼼짝하지 않는다. 화장실 가는 시간이 아까워 물도 먹지 않는다. 화장실 다녀오시라고 하면 안 가신단다. 그 사이 못 배우면 아깝다고. 또 일어서면 잊어버리기 때문에 끝까지 앉아 있겠다고.

선생님께

변절자

선생님
저희들을 가르치면서
너무 많이 힘드시죠?

말귀를 못 알아듣고
설명을 해도 모르니
참으로 답답하시죠?

칠순이 넘어
글을 배워보려니
돌아서면 잊어버리고
정말 힘듭니다.

선생님
죄송합니다.

그래도 서둘지 말고
편안한 마음으로
열심히 배우겠습니다.

대부분 어르신들은 눈만 감으면 잊어버리고 돌아서면 까먹는다. 그래서 "돌아서지 마세요"라고 농담도 한다. 잊음과의 처절한 투쟁이다. 노인 학생들을 가장 괴롭히는 것은 잊음이다. 불가항력이다. 잊음이 많아 괴롭다면서 선생님에게 죄송하다고 한다. 미안한 마음 또한 괴로움이다.

고민 끝에 어떤 분은 말씀하신다. "녹음을 하면 안 될까요?" 라고. 들었던 내용을 잡아놓고 싶은 간절함이 넘쳐난다. 수업 중 몇 분은 서 있다. 잠이 와서가 아니라 허리가 아파서다. 앉은 자세보다는 서 있는 게 통증이 덜 하기 때문이다. 여기저기 서 있는 분들을 바라보면 마음이 아프다.

아픈 허리에 복대를 두르거나 백내장 수술을 한 채 안대를 하고 오시기도 한다. 무릎 수술을 하고 바로 온 터라 상처가 덧나서 고생한 분도 있다. 수술한 부위에 열이 나서 수업 시간에 두 무릎을 밖으로 내놓고 거풍(擧風)하기도 한다. 심지어 병원에 입원해 있으면서 틈틈이 오시기도 한다. 지팡이를 짚고, 전동차를 몰고, 유모차를 끌고, 휠체어를 타고, 시장바구니를 들고도 오신다.

뼈가 약해서인지 팔다리가 부러진 분이 참 많다. 거의 한 반에 한 명씩은 꼭 깁스를 한 사람이 있다. 다리를 다치면 아예 못오지만, 깁스만 풀면 택시를 타고 달려온다. 팔이 부러진 분은 깁스를 한 채 온다. 한쪽 팔만 다친 분은 양반이고, 더러 두 팔을 다 다친 분도 있다. 과거 학교에서 아이들을 가르칠 때도 깁스를 한 학생이 그리 많더니. 아이들은 주로 분노를 참지 못해 벽을 내리치는 바람에 손이 부러졌는데, 어르신들은 넘어지면서 팔목이 댕강 부러지는 경우가 많다. 두 손을 다 못 쓰는 분은 필기를 못 하지만 그래도 수업에는 참여한다.

걷지 못해 자녀의 도움으로 오는 분도 있다. 차로 모시고 온 딸이 두 시간을 밖에서 기다린다. 딸이 참 고맙겠다고 하니 이런 대답이 돌아왔다.

"고생해서 대학까지 보내줬는데 그래 하는 게 당연하지."

호탕하게 이야기했지만 얼마 가지 못했다. 딸한테 미안해서 공부하는 걸 그만두어야겠단다. 자식과 함께 와서 자식이 밖에서 기다리는 경우는 십중팔구 그다음에는 안 오신다. 자식이 고생하는 게 부담스러워 공부를 포기한다. 어쩌면 딸이 엄마가 공부하는 것을 말렸을 수도 있다. 일반적으로 자식은 부모의 공부에 대한 한을 잘 이해하지 못하고, 이해하려고 하지도 않는다.

어르신 한 분 한 분의 사연이 다 〈인간 극장〉의 소재 그 자체다. 사실 공부를 향한 처절한 몸부림 한가운데에 내가 서 있다. 그러니 어찌 수업 시간 1분 1초가 소중하지 않겠는가? 중고등학교 아이들이 한번 와서 참관했으면 좋겠다. 늙은 할머니 할아버지가 얼마나 열심히 공부하는지, 어떤 상황과 맞붙어서 싸우고 있는지 보고 깨달았으면 한다.

도저히 포기할 수 없어

손주 봐주느라 오지 못하던 어르신이 드디어 한 달 만에 나오셨다. 상기된 얼굴로 웃음 지으며. 그러곤 이런 이야기를 들려주었다. 눈은 아이를 보고 있어도 마음은 온통 복지관에 가 있었다고. 지금쯤 시작했겠지. 오늘은 뭘 배웠을까? 오늘 숙제는 뭘까?

도저히 포기할 수 없어서 아들에게 이야기하기로 했다. 몇 날 며칠을 연습한 끝에, 어느 날 저녁에 말을 꺼냈다.

"아들아, 엄마는 공부를 하고 싶단다."

아들은 통곡했다. 자기 다리를 꼬집으며 가슴팍을 치면서.
'엄마 가슴속에 저리 큰 한이 있었다니.'

아들은 엄마의 한과 그간의 아픔 혹은 고통을 전혀 몰랐다. 아들은 몸부림치면서 울부짖었다. 며느리도, 영문을 모르는 어린 손주도 서로 끌어안고 눈물바다를 이루었다. 물론 어르신도 목 놓아 울었을 것이다. 이 말을 들은 우리 학생들도 울었다. 너무나 이해되기에 교실이 눈물바다가 되었다.

　이 이야기를 글로 쓴 것이 앞의 시이다. 읽을 때마다 보는 이가 다 눈시울을 붉힌다. 이후 지금까지 잘 다니고 계신다. 요즘은 일기도 꼬박꼬박 쓰신다.

　나는 늦깎이 학생들에게 부탁하곤 한다. 자식에게 부끄러워하지 말고 공부한다고 말하라고. 책가방도 사달라 하고, 집안일이 있어 수업하러 오지 못할 사정이 생기면 자식들에게 휴가 쓰고 와서 대신 일을 보게 하라고 가르친다. 그래도 된다고, 그럴 자격이 충분하다고. 국가가 인정하는 자격이다. 그래서 국가가 무료로 교육하고 있는데, 왜 자식한테 말하지 못하느냐고 말이다.

2장

눈 뜨니 새로운 세상

"삶을 사는 방식에는 오직 두 가지가 있다.
하나는 모든 것을 기적이라고 믿는 것이고,
다른 하나는 기적은 없다고 믿는 것이다."
— 알베르트 아인슈타인

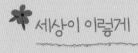

세상이 이렇게

아름다울 줄이야

다시 찾은 내 이름

최곡지

나도 모른 내 이름 어떻게 생겼을까?

해님같이 생겼을까? 달님같이 생겼을까?

기역니은 배워보니 해도 달도 아니었고

제일 작은 세 글자 이뿐인가 하노라

내 이름은 어떻게 생겼을까

이 시는 자기 이름도 쓸 줄 모르는 까막눈으로 평생을 살다가, 한글교실에 와서 처음으로 자신의 이름을 배웠을 때의 느낌을 훗날 글로 적은 것이다. 참으로 귀한 글이다. 세상에 그 누구도 자기 이름을 쓸 줄 모르다가 쓸 줄 알게 되었을 때를 기억하는 사람은 없다. 대부분 어릴 때부터 자기 이름이 뭔지 어떻게 쓰는지 알고 있었다. 마치 태어나는 순간부터 알고 있었던 것으로 착각한다.

이 시 같은 경험을 하는 사람이 흔하지 않다. 아주 독특한 경험이다. 글자를 모르는 아이들은 글자가 있다는 사실 자체를 모른다. 또 안다고 해도 자기 이름이 어떻게 생겼는지 궁금해하지도 않는다. 성인 비문해자만이 갖게 되는 특별한 경험을 어르신이 글로 남긴 것이다.

이 어르신은 참 독특한 분이다. 시 쓰기를 무척 좋아해서 어떤 체험을 하고 나면 반드시 시로 남긴다. 교사에게 자주 시 제목을 요청하기도 하는 창작욕이 대단한 분이다. 엄청나게 큰 대학노트에 빼곡히 시를 써서 보물처럼 가지고 다닌다. 고등교육을 받은 사람만큼이나 시를 잘 써내신다. 시 하단에는 그 시에 대한 설명을 산문으로 덧붙인다.

사람으로 태어나서 내 이름도 모르고 산다는 것이 너무나 안타까
워 더 늦기 전에 내 이름을 배우려고 한글교실을 찾았다.

우리 부모님도 못 가르쳐주신 소중한 한글을 배워 내 이름을 어떻
게 쓰는지 알게 되었다.

이 글은 자신이 쓴 시에 대한 어르신의 설명이다. 칠십 넘어서
까지 자기 이름이 어떻게 생겼는지, 심지어는 세 글자인지도 모르
고 살았다. 자기 이름도 모르고 사는 것이 안타까워서 한글교실
에 왔다.

글을 배우기 전에는 자기 이름을 '달님처럼 생겼을까? 해님
처럼 생겼을까?' 하면서 상상했다. 글자 모양을 전혀 모른다는
얘기다. 한글이 그림이나 상형문자처럼 생겼으리라 짐작했는
데, 알고 보니 달이나 해처럼 큰 게 아니고 자그마한 글자 세 개
였다. 생각했던 것과 달라서 놀랐다. 평소 어떤 것도 척척 잘 쓰
는 분이기에 표현력이 미숙하여 이렇게 쓴 것은 아니다. 실제
자기 마음과 느낌을 표현한 것이다.

평소에 이름을 말하고 듣고 했을 텐데, 3음절이 세 글자가 된
다는 것을 몰랐다는 사실에 나는 충격을 받았다. 받아쓰기를 할
때, 교사가 단어를 부르면 "몇 글자입니까?" 하고 묻는 분이 반
드시 있다. 소리를 들어도 그것이 문자로 전환되지 않는다. 소

리로만 평생을 살아와서 문자 전환기가 작동되지 않는 것이다. 아무리 눈높이를 맞추려 해도 불가능한 것이 바로 비문해자의 형편이다. 그러니 문득문득 '교사가 성인 문해 학습자를 이해하고 돕는 데 한계가 있지 않을까?' 하는 생각이 든다.

사람은 자기 이름을 자기 손으로 쓰게 되면서 자의식이 생기는 게 아닐까? '나는 누구인가?' 하면 바로 떠오르는 것이 내 이름 석 자가 아닌가? 문해 능력이 있는 사람들의 착각일까? 자기 이름을 쓸 줄 모르는 사람도 자의식이 있을까? 문해자는 생각을 문자로 하지 않나? 문자를 모르는 비문해자는 생각을 어떻게 할까? 안 하는 걸까? 비문해자는 비논리적이라는 이론이 맞는 것일까? 결국 문자를 아는 사람은 문자를 모르는 사람이 어떤 시스템으로 살아가는지를 전혀 모른다.

비문해자가 글을 배우면서 제일 먼저 마주하는 것은 자신의 이름이다. 소중한 한글을 배워서 처음으로 자기 이름을 쓰게 되었다고 말한다. 그래서 나의 제자는 '다시 찾은 이름'이라고 했다. 이미 있었지만 이제야 진짜 내 것이 되었다.

인생은 자기 이름을 쓸 줄 알기 전과 후로 나누어진다. 다시 찾은 자기 이름과 함께 자의식을 갖고 새로 탄생한다. 이름을 쓰는 것만으로 새로운 세상에서 이전과 다른 삶을 시작하는 것이다. 새로운 자아의 발견이다. 새로운 세상으로의 진입이다.

내 이름

김 주이

나이 들어 늦게 공부를 합니다.

마음먹은 대로 잘 되지 않습니다.

병원에 다니면서 하려니

더 힘이 듭니다.

그래도 병원에 갔을 때

내 이름을 쓸 수 있어 기쁩니다.

나의 꿈은

끝까지 공부를 하는 것입니다.

나이 들어서 하는 공부라 힘든데, 병까지 들어 더 공부하기가 어렵다. 그래도 병원에 갔을 때 이름을 쓸 수 있어서 기쁘다. 자기 이름을 쓰는 기쁨 때문에 병원 다니기가 덜 힘들었다. 아들이나 남편을 두고 혼자 병원에 갈 수 있어서 너무나 다행이었다.

2년 후, 당당히 건강한 몸으로 공부를 하러 다시 복지관에 오셨다. 이름을 쓸 수 있었기에, 끝까지 공부하겠다는 꿈이 있었기에 병을 이겨냈다. 그 무서운 암을 말이다.

눈 뜬 봉사

양영자

나는 눈 뜬 봉사로 살아왔다
한글을 모르니 세상이 어두웠다

내 나이 일흔을 훌쩍 넘어
공부를 시작했다

한글을 한 자 한 자 배워가면서
눈 뜬 봉사를 면하게 되었다

내 눈은 조금씩 밝아왔다
이른 새벽에 조금씩 밝아오는 햇빛과도 같았다

세상이 이렇게 아름다울 줄이야

까막눈에서 벗어나는 기쁨

세상에는 선각자가 남긴 수많은 책들이 존재한다. 남보다 먼저 깨달은 것이나 새로운 삶의 방식을 책을 통해 가르쳐준다. 그러면 독자들은 놀라워하며 도전을 받는다.

몇 년 전, 독일 출신인 에크하르트 톨레라는 사람을 책으로 만났다. 그는 달라이 라마, 틱낫한과 함께 21세기를 대표하는 영적 교사로 추앙받고 있는 사람이다.

톨레는 불우한 어린 시절에서 시작된 극심한 우울증으로 몇 번이나 자살 기도를 했다. 하지만 마침내 존재에 고통을 안겨주는 허구의 자아를 벗어던지고, 절망의 나락에서 깨달음의 밝음으로 솟아오르는 내적 변혁을 경험한다. 그 깊은 환희의 상태를 사람들에게 가르치면서, 현대의 대표적인 정신세계의 지도자가 되었다. 내가 만난 《삶으로 다시 떠오르기(A NEW EARTH)》가 바로 그 기록이다. 한 청년이 29살 생일이 지난 어느 날 밤, 중요한 내적 변화를 경험하면서 삶에 대한 깊은 회의와 공허, 고통에서 벗어나 새롭게 탄생한다는 내용이다. 모든 불행의 원인인 자기 자신이라는 감옥에서 걸어 나와, 나는 누구인지를 깨닫고 진정한 삶으로 다시 떠오르는 것이 이 책의 주제이다. 바꾸어 말하면 한 청년이 정신적 까막눈에서 벗어난 기쁨을 기록한 이야기다.

나는 이 책에서 충격과 놀라움은 물론 부러움과 새로운 도전을 경험했다. 비문해자가 '문해됨'의 길로 들어서는 것도 톨레의 경험과 비슷하다고 하면 너무 지나친 생각일까? 단지 글이 짧아서 그 순간의 변화와 충격, 깨달음과 큰 기쁨을 글로 남기지 못할 뿐 아닐까? 그 누구도 글을 깨쳐 진정 새 삶을 사는 사람에게 관심이 없어서 관련 글이 없는 게 아닐까?

분명 새로운 우주가 탄생하는 것만큼이나 놀랍고 대단한 일이건만 그 가치를 세상 사람들은 잘 모른다. 톨레가 내적 변화를 경험하고 환희 상태에 빠졌듯이, 글자를 처음으로 깨치고 자기 이름을 쓸 줄 알게 된 나의 제자들도 분명히 환희 상태에 빠졌을 것이다. 옆에서 살펴본 바로는 진정 그렇다. 비문해자가 문해자가 되는 경험은 한 개의 우주가 새로 탄생하는 것과 같은 핵폭탄급 충격이다.

눈을 떠보니 세상이 너무나 아름답다. 이렇게 아름다울 줄 몰랐다고 한다. 세상은 그대로인데 자신이 다시 탄생한 것이다.

꽃길 따라

백말점

날씨가 참 좋아서 꽃구경을 나섰다
가는 곳마다 아름답게 꽃이 피었다
그런데 옛날 고향에서 본 그 꽃 이름이 생각나지 않는다

그러나 꽃 이름을 이제는 읽을 수 있다
예쁜 꽃이 내 마음을 사로잡는다

참, 좋다. 나도 글씨를 읽을 수 있다
글씨를 쓸 수도 있다

우리는 모두 다 까막눈일지도 모른다. 정신적, 심리적 혹은 영적으로 말이다. 우리는 정말 귀한 것이 무엇이고 진정 소중한 사람이 누군지 모르고 살아간다. 지나고 나서야, 사라지고 난 뒤에야 비로소 그것의 소중함을 깨닫는 미련한 존재들이다.

코끼리를 만진 장님처럼, 자신이 본 것만 믿고 자신이 들은 것만 믿으며 좁은 소견과 주관으로 잘못 판단하면서 살고 있지 않은가? 표면만 보고 그 이면은 보지 못하는 눈뜬장님은 아닌가? 확실하게 보았다고 믿었던 것이, 전체가 아니라 자기가 보고 싶었던 일부분일 뿐인데도 말이다.

우리는 자기만 옳다고 생각하는 교만에 빠져 우물 안 개구리처럼 산다. 이에 비해 한글반 어르신들은 우리보다 행복하다. 자신이 늘 배움이 부족하다고 생각하기에 항상 남의 이야기에 귀를 열어놓고 산다. 겸손하게 산다. 단지 문자에서만 까막눈이다. 그런데 이제 그 까막눈을 뜨셨다. 이제 글자를 아니, 인생길이 꽃길이다.

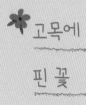

고목에

핀 꽃

천국이 따로없다

정정분

칠순이 넘어
까막 눈을 떴다

눈을 뜨고 보니
천국이 따로없다

천국이 명소에
있는 것도 아니다

한 자 한 자 배우는 재미가
행복이 우주만큼
가득 차 있다

글을 배우고 있기에
행복이 무한대다
지금 모습으로 좋다

눈을 뜨니 천하를 얻은 기분

이보다 더 좋을 수가 있을까? 이제 막 한글을 뗀 단계인 초급반 어르신들이 제일 즐겁다. 물 만난 고기처럼 날마다 즐겁다. 전에는 분명히 없었는데, 갑자기 어떤 물건 혹은 건물이 눈앞에 나타난 것이다. 신기하다. 천국이 따로 없다. 여기가 바로 천국이다. 모든 게 다 보인단다. 눈을 떴다고 하신다. 아이들이 글자를 깨치고 나서 세상 간판을 다 읽는 것과 같다.

우리 집 큰아이가 글자를 처음 알게 되었을 때, 버스를 타고 어딘가 멀리 가는데 처음부터 내릴 때까지 눈에 보이는 간판을 다 읽던 장면이 떠오른다. 들떠서 어쩔 줄 몰라 하던 즐거움을 지금 어르신들이 누리고 있다. 팔십 연세에.

천하를 다 얻은 기분

김묘연

칠순이 되도록 글을 몰라서

남 앞에 나설 수가 없어

항상 마음을 움츠리고 살아왔습니다

이제 복지관에서 한글을 배우고 보니

천하를 다 얻은 기분입니다

세월이 많이 흘러 늦은 나이에 공부를 하고 있지만

다시 출발하는 마음으로 열심히

꿈과 희망을 잃지 않고 살아가겠습니다

천국이 이보다 즐거울까? 천하를 얻은 기분이다. 선물받은 아이처럼 마음이 즐겁다. 배우는 재미가 우주만큼 가득 차 있다고도 하신다. 그만큼 크고 너르고 무한하다는 뜻이리라. 과연 행복이 뭘까? 글자 한 자 알게 되었다고 이렇게 기쁘고 천하를 다 가진 것 같은데, 정말 천하를 가진 권력자는 이만큼 행복할까?

수업에 들어가면 여기저기서 글자를 알게 된 기쁨을 자랑하느라고 바쁘다. 여기서 "선생님", 저기서 "선생님", 어디로 고개를 돌려야 할지 모른다. 특히나 초급반 어르신들이 "선생님, 선생님"을 많이 외친다. 그렇게나 불러보고 싶었던 이름이다. 부르고 부르고 또 부른다. 얼마나 학교에 다니고 싶었을까? 얼마나 책상이 그립고 칠판이 보고 싶었을까? 그러니 눈만 뜨면 학교에 오고, 자꾸만 별 이유 없이 선생님을 불러본다. 학교에 오는 것 자체가 기쁨이고 설레는 일이다.

"선생님!"

"예, 말씀하세요."

"제가 어제 마트에 갔는데……."

마트에 갔더니 물건에 적힌 이름이 눈에 들어오더란다. 읽을 줄 아는 글자가 어찌나 많은지 반가워서 있는 대로 상품을 다 카트에 넣었단다. 이것도 아는 글자, 저것도 아는 글자, 신이 나서 마구 집어넣었더니 15만 원이 넘더라며. 우리는 함께 웃었다.

"선생님요, 병원에 갔는데 의자에 앉아서 기다리는데 이름을 안 불러요. 그런데 벽에 있는 글자를 읽다가 시간 가는 줄을 몰랐어요."

"약국에 갔더니만 무슨 약 무슨 약, 어디에 좋은 약, 약도 많데요. 다 내가 먹어야 할 약이데요. 그래서 비타민하고 오메가하고 이것저것 마구 샀어요."

식당에 밥 먹으러 가면 전에는 뭘 잘하느냐고 물어보고 그걸 주문해서 먹거나 그림을 보고 주문했는데, 이제는 메뉴를 보고 선택한다. 가격도 따져보고 말이다. 남은 음식을 싸준다고 적혀 있어서 일부러 남겨서 포장해왔단다.

비문해자에게 문해란 새로운 세상이 열리는 경험이다. 독립적인 인간으로 지역사회에 처음으로 소속감을 느끼게 된다. 그래서 주체적으로 활동도 하게 된다. 이제야 드디어 개인적 출생의 단계에서 그야말로 '사회적 출생'을 하게 되는 것이다.

나의 행복

김영숙

공부를 하니까
너무 즐겁고 행복하다

내 마음의 짐을 내려놓은 것 같아
너무 즐겁고 행복하다

잘은 못해도 나 자신이 발전한 것 같아
너무 즐겁고 행복하다

글을 깨쳐 일상생활에서 사용하는 경험은, 비문해자로 살면서 느꼈던 설움과 무시당했던 마음을 치유하는 과정이다. 그래서 기쁘고 자랑스러울 수밖에 없다. 평생을 어둠 속에 살다가 갑자기 인생이 극적인 전환을 맞이했다. 얼마나 놀랍고 기쁘겠는가? 마음의 짐을 내려놓은 것 같아서 너무 즐겁고 행복하다. 문해자로 변화하면서 질적으로 다른 삶을 살게 되고, 그것을 스스로 느끼며 즐긴다.

어르신들이 이러한 기쁨을 누리기까지는 참으로 많이 고생한다. 부단히 노력한 결과다. 열심히 배우지만 돌아서면 까먹고, 숙제를 확인하고 또 확인해서 알아갔건만 집에 가면 까마득하다. 교사한테 전화해서 또 확인한다. 그래도 엉뚱한 숙제를 해가기가 부지기수다. 이런 과정을 거치고서야 드디어 글자가 눈에 들어오고 뜻이 통한다. 그 기쁨은 상상하기조차 어려운 깊이다.

날마다 새로 태어난다

어떤 어르신은 남편이 돌아가셨을 때 들어온 부의금 봉투를 이제야 꺼내보았다. 누가 얼마를 냈는지 봉투마다 적혀 있었다. 그동안 모르셨단다. 너무 슬프고 정신이 없어서 누가 왔다 갔는지도 모르고 살았는데 10여 년이 지난 지금, 고마워서 전화로 인사를 했다. 세상에, 글자를 몰라서 누가 조의금을 냈는지도 모르고 살았다. 그래서 감사 인사를 하지 못했다. 누가 이 사정을 알았을까? 상상이나 했을까?

그 시절, 드물게도 연애결혼을 했다. 양가 부모의 반대를 무릅쓰고 어렵게 결혼했다. 가난한 살림에 먹을 것도 없던 시절, 시어머니와 함께 밥을 먹는데 밥상의 음식을 슬쩍슬쩍 부인 쪽으로 밀어주던 자상한 남편이었다. 남편을 향한 그리움이 아직도 짠하게 남아 있는데, 어제 남편의 일기장을 발견했다. 읽을 줄 몰라 그냥 방치해두었는데 말이다. 밤을 새워 읽었다고 하신다. 그래서 글을 알면 새로운 인생을 사는 것이라고 하나 보다. 껍데기만 봐왔던 남편의 내면을 이제는 보게 되었으니. 자신도 다시 태어나고, 남편도 부인의 마음속에 새로운 모습으로 다시 태어났다.

한글교실에서는 놀라운 일이 참 많이 벌어진다. 날마다 드라마가 펼쳐진다. 어르신들을 보면서 나도 날마다 다시 태어난다. 내 인생도 꽃이 피었다.

고목나무에 핀 꽃

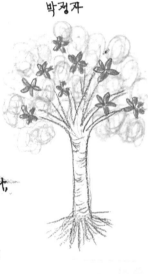

박정자

고목나무에 꽃이 피듯이
내 나이 팔순에
내 인생도 꽃이 피었습니다.

그렇게 배우고 싶었던 글
이제는 배웠습니다.
가계부도 쓰고 일기도 쓸 수 있습니다.

삶에 힘이 납니다
아직 부족하지만 할 수 있습니다.
자신감이 생겼습니다

하지만 세월이 원망스럽습니다.
내 인생의 남은 시간이
너무 짧습니다
아직도 배울게 너무 많은데.

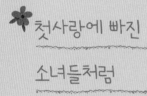

첫사랑에 빠진

소녀들처럼

공부

허향선

공부하니까　너무 좋아요
한자 한자　알아가면
자꾸 자꾸 더 하고 싶습니다
나는 열심히　노력 합니다
집에 가서도　공부만합니다
정말 정말　재미있습니다
선생님　사랑합니다

온통 공부 생각뿐

공부하니까 너무 좋다고 하신다. 집에 가서 공부만 한단다. 팔십 노인이 공부와 연애를 한다. 온통 공부 생각뿐이다. 한 자한 자 알아갈수록 자꾸 더 하고 싶다. 학교 가는 날 아침이면 설렌다.

한글을 모르는 노인들에게 한글을 가르치는 일은, 정부가 시행한 노인 정책 중 가장 성공을 거둔 사업이다. 처음 시작은 미약했으나 그 효과는 얼마나 창대한지. 노인들을 이렇게 행복하게 해줄 수 있는 일이 무엇이 있겠는가? 청춘은 사라지고, 자식들은 다 자라 뿔뿔이 떠나가고, 외롭고 무료한 이 노인들에게 말이다.

지하철 무료승차에 대한 생각도 많이 바뀌었다. 노인들이 무료로 지하철을 이용함으로써 어떤 곳은 손실이 있겠지만, 한편으로는 눈에 보이지 않는 엄청난 효과가 있을 것이다. 교통비가 안 드니까 어르신들이 자유롭게 복지관을 오갈 수 있다. 다소 멀어도 수업을 들으러 갈 수 있다. 그럼으로써 건강에 얼마나 보탬이 될까? 배움을 통한 개인적, 사회적 이익은 또 얼마나 크겠는가? 개인의 삶의 질도 높이고, 우리 사회의 수준도 향상시킨다.

오! 그 날이 오면

허종선

기다리고 기다린
월 화 목 그 날이 오면
성인 문해반 공부하러 가는 날

교실문을 열면
반 친구들이 활짝 웃는 미소로
나를 반겨준다

오늘은 선생님이 무엇을
가르쳐주지
나는 설렌다

열심히 배워서
중학교 아니 고등학교 까지 가고 싶다

꼭 그 날이 오기를

기다리고 기다리던 수업 날이다. 전날 밤부터 준비해 흐뭇한 모습으로 학교에 간다. 혹시 못 갈 일이라도 있으면 꼭 연락을 한다. 얼마나 철저한지 거의 결석이 없다. 늘그막에 공부하는 재미로 산다. 그러니 수업하는 날 아침이면 설렌다.

소설《상록수》와 심훈의 시 〈그날이 오면〉을 가르쳐드렸더니 그것을 본떠서 이렇게 시를 쓰셨다. 참 기발하다. 독립에 대한 간절함만큼이나 공부가 즐겁고 수업 시간이 기다려진다는 뜻일까?

얼굴이 활짝 피었다

허부순

나는 지금 행복하다

글을 배우고 있기 때문이다

처음에는 글 배우는 것을 꽁꽁 감추었다

그러나 지금은 글을 알고 나니

자신감이 생겼다

우리 아파트 친구가 날 보고 얼굴이 활짝 피었다고 했다

그래서 글 배우러 다닌다고 했다

친구가 화이팅! 이라고 했다

지금 이분들은 너무 행복하다. 처음에는 부끄러워서 글 배우는 것을 꼭꼭 숨겼다. 그런데 얼굴이 활짝 펴서 숨길 수가 없게 되었다. 이제는 자신이 생겨 부끄럽지도 않다. 오히려 자랑스럽다. 글 배우러 다닌다고 당당히 말하자 친구도 그 자신감 앞에 격려를 아끼지 않는다.

마치 첫사랑에 빠진 소녀들 같다. 사랑의 기쁨이 온 누리를 밝히듯 공부하는 즐거움이 온 세상을 아름답게 한다. 이때의 우리 어르신들은 정말로 예쁘다. 분도 바르고 립스틱도 바르고 얼굴이 달덩이처럼 훤하다. 반질반질 윤이 난다.

한글반 어르신들이 제일 표정이 좋다. 다들 참 행복해하신다. 복지관 봉사자들과 안내하는 사람들도 하는 말이다. 우리 어르신들이 제일 밝고 정도 많다. 나에게 비결이 뭐냐고 묻는다. 어르신들 덕분에 나의 값이 올라간다. 덩달아 인기도 마구 올라간다. 내 기분도 올라간다.

지하철 타고 가는 길

정정순

내 인생 여름인가
슬퍼하고 있었는데

지하철 타고 공부하러 가는 나에게
새 인생 찾아와 인사를 하네요.

흔들흔들 지하철 타고 가는 길
내가 하는 공부한태 인사하네요.

철구철구 지하철 소리
예쁘게 들리기도 하네요.

공부하는 그 자체가 즐거움이다. 학교에 가는 것 자체가 기쁨이다. 가방을 짊어지고 가는 것도 기쁘고, 연필 깎는 것도 즐겁고, 지우개로 지우는 것도 설렌다. 선생님이라 불러보는 것도 뿌듯하고, 자기 이름이 불리는 것도 자랑스럽고, 대답해보는 것도 떨리는 일이다. 그래서 공부하러 가는 날을 손꼽아 기다린다.

'오늘은 받아쓰기 백점 맞아야지', '글씨도 더 예쁘게 써보자', '오늘은 무슨 공부를 하려나?' 머릿속은 온통 오늘 공부할 즐거움에 가득 차 있다.

이 시는 지하철을 타고 공부하러 가는 글쓴이의 기쁨이 잘 표현되어 있다. 자기 인생이 여름인 줄 알고 슬퍼하고 있었단다. 이분에게는 여름이 가장 슬프고 잔인한 계절인가 보다. 아주 특별하고 개성적이며 창의적인 표현이다. 보통 사람들은 괴롭고 힘든 것을 겨울로 표현하는데 이분은 여름이란다. 우울한 자신에게 공부하는 새로운 인생이 펼쳐졌다. 얼마나 반가운지, 그 마음을 인사한다고 표현했다.

공부하러 가는 길, 너무나 기쁜 길, 철극철극 무거운 쇳덩어리 소리가 노랫소리로 들린다. 예쁘게 들린단다. 공부가 얼마나 기쁘고 즐거운지 눈에 선히 그려진다. 지하철을 타고 멀리 공부하러 가는데도 그 길이 꽃길인 양 그렇게 행복할 수가 없다. 공부의 기쁨을 이렇게도 감각적으로 잘 표현하다니.

나의 인생

이재금

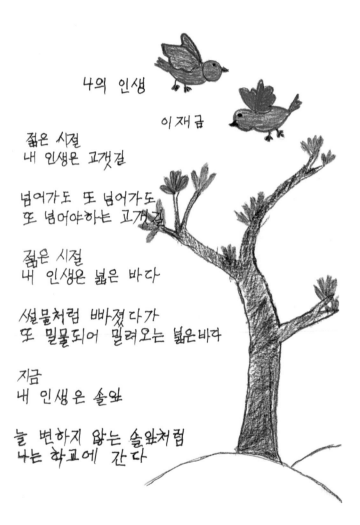

젊은 시절
내 인생은 고갯길

넘어가도 또 넘어가도
또 넘어야하는 고갯길

젊은 시절
내 인생은 넓은 바다

썰물처럼 빠졌다가
또 밀물되어 밀려오는 넓은바다

지금
내 인생은 솔잎

늘 변하지 않는 솔잎처럼
나는 학교에 간다

나의 제자들은 수업 시간에 정말 즐거워한다. 어떤 활동을 하든 그렇게 신날 수가 없다. 다 새롭고 재미난다. 향학열이 식을 줄을 모른다. 꿈에도 그리던 공부니 왜 안 그렇겠는가? 정말 새로운 삶이다. 젊은 날의 내 인생은 험한 고갯길이요, 넘어도 넘어도 또 넘어야 하는 고갯길이었지만 지금은 솔잎처럼 변함없이 날이면 날마다 학교에 가는 즐거운 인생이다. 이 즐거움은 늦깎이 학생만이 알 수 있다.

지금 공부하는 것이 기쁨이고 행운이다. 얼마나 설레는 삶인가. 가르치는 교사도 덩달아 신이 난다. 그래서 나도 늘 행복하다. 나와 제자들은 모두 복지관 방학을 싫어한다. 늘 푸른 솔잎처럼 변함없이 쉬지 않고 공부하고 싶다.

그래도 얼굴에 웃음꽃이 피었다.

박정자

뒤도 한번 안 돌아보고
앞만 보고 걸어 왔다.
뭣시 그리 바쁘다고
숨 한번 안 돌리고 어기까지 왔을까?

이제 와서 돌아보니
내 얼굴에 밭고랑만 남았다.
그것도 모자라
머리까지 파 뿌리가 되었다.

그렇지만
그래도
늦깎이 학생으로
얼굴에는 웃음꽃이 피었다.

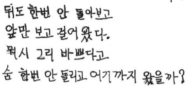
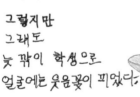

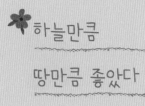

하늘만큼

땅만큼 좋았다

내 평생 지금 제일 행복합니다.

고 상 선

처음 은행 갔을 때
내 혼자 힘으로 은행 일 보았을 때
그 기쁨 뭐로 표현할까?
하늘만큼 땅만큼 좋았다.
자랑하고 싶은 마음 억지로 참았다.

처음 지하철 역을 찾아 갔을 때
혼자 지하철을 탔을 때
그 마음 표현할 수 없이 좋았다.
뿌듯하고 자신 있었다.

그래서 이제 봉사도 할 수 있다.
가방을 메고 공부하러 가면
신이 나서 걸음이 저절로 걸어진다.

내 인생 지금이 제일 행복하다.

117

처음으로 혼자 은행 일을 봤다오

이 시를 읽으면 덩달아 막 즐거워진다. 아이들이 무언가를 이루어내고는 기뻐서 어쩔 줄 모르는 모습을 보는 것만큼이나 행복하다. 남들이 보기엔 아주 사소한 것들이다. 은행에서 볼일 보기, 지하철 혼자 타기. '다 큰 성인이 이런 일을 한 것쯤 뭐라고?'라고 생각할까 봐 자랑하고 싶은 마음을 억지로 참았다. 지하철역을 혼자서 찾았다는 것, 배운 글자를 가지고 내가 직접 눈으로 보고 행동으로 옮겨 성공했다는 것이 이렇게도 큰 기쁨이다. 홀로 서는 자립의 쾌감이 하늘만큼 땅만큼 좋았다. 자신에게는 얼마나 큰일인지. 신이 나서 걸음이 그냥 걸어진단다. 기분이 날아갈 듯 좋은 그 모습이 눈에 선하게 그려진다.

새로운 세상

고상선

성인문해 공부를 해서
가장 좋았던 일은

한글 골든벨에서 장원을 차지
그 상금을 복지관에 기부했을때다.

마음이 뿌듯하고
자랑스럽고 기뻤다.

한글을 배우고 나니
마음이 늘 즐겁고 행복했다.
새로운 세상이 나에게 펼쳐졌다.

글을 배우고 나면 가장 먼저 생기는 변화가 자신감이다. 겁내고 있다가 한번 시도해서 성공하고 나면, 스스로에 대한 평가가 달라진다. 자신을 긍정적으로 평가하게 되고 그럼으로써 기분이 좋아진다. 자신에 대해 만족하게 된다. 이제야 알에서 깨어난다. 자기 자신만 바라보고 있다가 다른 사람이 보이고 세상도 눈에 들어온다. 골든벨 대회에서 장원까지 한 이 시의 글쓴이는 얼마나 자신감이 올라갔을까?

복지관에서는 해마다 한 번씩 그동안 공부한 것을 정리할 겸, 학습 의욕 고취를 위해 한글 골든벨 대회를 개최한다. 복지관에서 얼마나 많이 준비하는지 모른다. 주변 복지관의 한글반 어르신들도 초청해서 학생 백여 명을 모아놓고 TV 프로그램처럼 거창하고 멋지게 진행한다. 학생들은 자그마한 칠판과 필기도구를 들고, 이름표를 붙인 노란 모자를 예쁘게 쓴 채 떨리고 설레는 마음으로 참여한다. 젊은 아이들처럼 모자를 돌려 쓴 어르신도 있다.

대회 며칠 전부터 나의 제자들은 정말 수험생이 되어서 마치 합숙 훈련하는 것처럼 모여서 공부한다. 얼마나 뿌듯한 풍경인지 모른다. 재미있는 진행자도 따로 있다. 시작 전에 오프닝 공연으로 한껏 분위기를 띄운다. 나는 그날 문제를 낭독하는 아나운서 역할을 맡는다.

고등학생들의 뜨거운 골든벨 현장과 똑같이 불꽃 튀는 열전이 노인 학생들의 한글 골든벨 대회장에서도 일어난다. 젊음이 출렁인다. 이런 큰 행사에서 글쓴이가 장원을 차지하고는 그 기쁨을 시로 썼다. 자신을 바라보는 눈이 바뀌었을 것이다. 자신이 속한 세상의 모습도 달라 보였으리라. 그래서 새로운 세상이라고 한 걸까?

매년 대회 때마다 상을 받은 어르신들은 정말 행복해하신다. 대부분 기쁨을 눈물로 표현한다.

"이제 공부하러 다닌다고 남편과 자식들에게 마음 놓고 말할 수 있을 것 같습니다."

사회자가 수상 소감을 물으니 울먹이며 말을 잇지 못한다. 설움이 복받쳐 올라와서 그러하리라. 공부해보는 것도 놀라운 일인데, 그 공부 때문에 상을 받았다. 자신이 공부로 돈을 번 것이다. 얼마나 귀하고 소중한 돈인가. 뜻깊은 돈을 어디다 쓰면 가장 좋을지 고민했을 것이다. 가장 귀한 돈이니 가장 가치 있게 써보자고 복지관에 기부하셨나 보다. 가슴이 뭉클해진다. 정말 행복해 보인다. 자신감이 넘쳐난다. 이런 작은 경험으로도 얼마나 생활이 바뀔까?

이제 봉사도 할 수 있게 된다. 엉거주춤 웅크리고 있다가 세상 속으로 들어간다. 나도 무언가를 해보자. 식당에서 안내를 하거나 구석진 곳 청소라도, 작은 일부터.

글을 몰라서 평소 그렇게도 하라는 부녀회장직을 거절했는데, 이제는 당당히 하고 있다는 이야기를 들었다. 경로당 총무도 마다하지 않는다. 해보니까 별거 아니란다. 드디어 사회로 진입하게 된 것이다. 문맹이 사라지면 우리 사회는 그만큼 새로운 인력을 갖게 된다. 얼마나 큰 수확인지 모른다.

문맹 퇴치로 치매 관리비용이 약 60조 원 절감된다. 노인들이 복지관을 이용함으로써 1년에 1인당 54만 원이 절약된다고 한다. 그렇다면 개인이 문해자가 되어서 봉사나 일을 하게 될 때 그에 따라 얻게 되는 사회적 혹은 개인적 이익은 얼마나 될까? 분명 경제적, 사회적, 심리적으로 상당한 효과가 있을 것이다.

♡내 행복♡

이 만례

나는 젊었을 때
글을 배우지 못해
한이 되었다.

그런데
문해 교육 덕분에
자신감이 생겼다.

친구와 노래방 가면
글을 보고 노래도 한다

어디 가든 모든 걸
볼 수 있다.
그래서 자신감이 생겼다.

내가 너무 행복하다.
선생님이 고맙다.

한글교실이라는 씨앗 하나

그냥 노래 부를 때와 글자를 보고 노래 부를 때는 느낌이 천지 차이란다. 뜻을 모르고 가락에 취하는 것과 의미를 알고 노랫말에 취하는 것은 다르다. 노래방 가기가 그렇게 즐거울 수가 없다. 눈에 콕콕 박히는 가사가 얼마나 신기할까?

무엇보다 친구한테 이유 없이 떳떳하다. 친구 만나는 것도 즐겁고, 노래방에 가면 더 즐겁다. 비문해자로 살면서 느꼈던 우울과 움츠림이 바로 한글 공부를 하게 만든 동기가 되고, 한편으로 이제 '문해됨'의 기쁨을 느끼는 이유가 되기도 한다.

이때부터 나의 제자들은 갑자기 바빠진다. 어떤 것을 더 배워볼까? 수업이라고는 한글교실밖에 모르던 분이 요가도 신청하고, 고전 무용반도 기웃거리고, 그렇게 하고 싶던 노래교실도 신청한다. 하는 김에 알파벳도 배워볼까? 노인 대학도 좋다던데. 행복한 고민에 빠진다. 한글교실에 올 때는 딸이나 며느리, 드물게는 아들이 데려다주었는데 이제는 당당히 본인이 신청한다.

어떤 분이 주저하다가 용기를 내어 서예반에 들어갔다고 자랑하신다. 글을 모를 때는 언감생심 생각도 못 한 일이다. 먹을 갈고 붓을 씻으면서 이게 꿈인가 생시인가 꼬집어 본다. 서예실에 앉아 있는 것이 꿈만 같다. 배운 글씨를 직접 써본다. 연필이 아닌 붓으로. 누가 이 기쁨을 알겠는가? 글자를 대하는 마음이 남다를 수밖에 없다. 언젠가는 작품 전시도 하시리라. 병풍이라도 만들어서 가보로 남기실지도 모른다. 역사는 작은 것에서부터 비롯된다. 씨앗 하나가 인생을 송두리째 바꾸어놓는다.

시작은 한글교실이다.

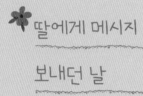

딸에게 메시지

보내던 날

마음이 부자

김이줄

한글 공부를 배우고 나니
마음이 부자가 된 것 같다.

어디를 가도
지하철 역을 찾을 수 있다.

영어 알파 벳을 배우고 나니
비행기도 잘 탄다.
게이트만 찾으면 된다.
내 혼자 미국도 갔다 왔다.

우리 엄마 미아 안 되고
잘 찾아 왔어요
아이들이 칭찬을 한다.

공부를 한 덕분에
나는 부자가 되었다.

나는 나를 믿어

한글을 배우고 나니 마음이 부자가 된 것 같다. 공부를 한 덕분에 부자가 되었다. 미국도 다녀올 정도로 자신이 생겼다. 주머니에 돈이 있으면 어딜 가나 든든한 것처럼, 마음에 자신감이 가득 차 있으니 겁도 안 나고 어딜 가나 주눅 들지 않고 당당하다. 자신이 문제를 해결해나갈 능력이 있다는 믿음, 정확히 말하면 자기효능감이 생긴 것이다. 마음이 부자다. 할 수 있겠다는 그 마음이 바로 힘이다.

몇 년 전에는 미국이 싫다고 하셨다. 자식을 키워놓았더니 딸도 아들도 다 미국에 간다고. 손자도 미국에 간다. 사랑하는 가족이 다 떠나자 많이 슬퍼하셨다. 세상살이가 허망하다고 마음 둘 데가 없다고 하셨다.

내 마음 둘 데가 없다

김이출

나의 꿈은 해망 하구나
1남 2녀를 두었다
공부도 잘 했어 행복 했는되
아들은 미국 주재원으로 가고
막내딸도 초청을 해서 이민을 간
단다 이 엄마는 어찌 하려고
마음 둘데가 없구나
세상사리가 허망 하구나

이제는 미국에서 이집 저집 몇 달 보내다가 오신다. 그랜드 캐니언에 갔다 왔다고 자랑도 하신다. 떠나기 전 인천공항에서 잘 다녀오겠다는 전화도 하셨다. 어쩌면 이렇게 겁이 없으실까? 팔십 노인이 혼자서 영어도 할 줄 모르고 체력도 달릴 텐데 말이다.

올해로 벌써 두 번이나 미국에 다녀왔다. 옛날 같으면 팔십 노인이 혼자 멀리 지구 반대편 미국까지 날아가는 것을 상상이나 했을까? 사실 지금도 힘든 일이다. 게다가 어디 빈 몸으로 가셨을까? 바리바리 싸 들고 가셨을 텐데. 알파벳을 배우고 나니 혼자서 비행기도 타고 게이트도 찾아간다.

성인 문해 교육 시간에 기본 알파벳 교육을 한다. 한글 기초 과정이 끝나면 이제 국어, 사회, 수학, 음악, 영어 등 전 교과 내용이 다 들어 있는, 이른바 종합적인 성인 문해용 교과서로 공부한다.

성인 문해 교육은 성인이 사회생활을 하는 데 필요한 기본 능력을 기르는 교육이다. 초등학교 6학년 정도의 능력을 기르는 것을 목표로 한다. 나의 제자들에게 이 목표는 까마득히 한참 멀다. 연세가 워낙 많고, 너무 늦은 나이에 공부를 시작했으며, 어릴 때 학습한 경험이 전혀 없는 등 열악한 조건이 목표 달성을 어렵게 한다. 그래도 그곳을 향하여 우리 모두는 열심히 노력한다.

알파벳을 배울 때 참 많이들 웃는다. 한글도 모르는 우리가 무슨 영어를 하겠느냐고. 그래도 얼마나 즐거워하시는지 모른다. 자랑스럽게 영어 공책을 사 오고, 문방구에서 영어 공책을 산 무용담을 막 들려준다. 문방구 주인이 칭찬과 격려를 많이 해주더라고. 의욕에 찬 모습으로 알파벳을 배워나간다.

보통은 한글 자모보다 알파벳을 더 빨리 습득한다. 아무래도 그동안 학습한 것이 있으니 도움이 되나 보다. 아니면 부끄러워하지 않고 자랑스럽게 공부해서일까? 학습 효과가 빨리 나타난다.

그전에는 한글만 보이던 간판이 이제는 알파벳만 보인다. 대한민국이 영어 천지라고 하신다. 미국 놈의 땅이냐고 혀를 차는 분도 있다. 갑자기 애국자가 된다. 이때 나는 국어 선생님답게 우리말을 아끼고 지켜야 함을 강조한다. 국어사랑, 나라사랑을 외친다. 그러면 어르신들은 정말 숙연한 태도로 들으신다.

"TV에 영어가 너무 많이 나와요. 나이 든 사람들은 왜놈 말을 아직도 쓰니 큰일이고"라며 내 말에 장단을 맞추고 지지해주신다. 이런 어르신들을 보면 참 신기하다. 마치 스펀지 같다. 그대로 다 빨아들이는 것이 고맙고 놀랍다. 그래서 기쁘고도 한편 부담스럽다. 첫 경험이니 아름다워야 할 테니까. 어쩌면 어르신들 평생에 교사는 나 하나일 수도 있기에 무한한 책임감과 부담감으로 수업에 임한다. 그래서 한 마디 한 마디 신중할 수밖에 없다.

일상생활에서 알파벳을 이용한 활동들, 이를테면 비타민 이름 쓰기, 혈액형 종류 쓰기, TV 방송국 이름 적기 등을 하고 나면 어느 정도 글자를 익힌다. 한 어르신은 아들네 집인 SK아파트에 찾아갔다 왔다고 얼마나 자랑스러워하시는지 모른다. KNN방송국에 다니는 아들을 둔 어떤 분은 처음으로 아들네 회사 이름을 알았다고 해맑은 미소를 띠운다. 비싼 KTX를 타고도 영어를 몰라 새마을호 타고 다녀왔다고 했다고 억울해하셔서 한바탕 웃기도 했다.

사회가 복잡해지면서 해결해야 할 과제도 많아졌다. 농경사회에서는 문자 생활을 할 일이 거의 없으니 배운 사람이나 못 배운 사람이나 별 차이가 없고, 굳이 문해자가 될 필요도 없었다. 실제로 어떤 어르신은 어머니가 교육을 많이 받았는데 살아가는 데 아무 소용이 없더라며 자식은 공부를 시키지 않았다고 했다. 어머니는 공부를 많이 했지만 여자는 밥하고 살림만 잘하면 된다고 딸들을 모두 까막눈으로 만들어놓았다. 세상이 바뀔 줄 몰랐다고 미안하다며 때늦은 후회를 하고 돌아가셨단다.

"우리 엄마 미아 안 되고 잘 찾아왔어요 / 아이들이 칭찬한 다"는 김이출 어르신의 시구절에서처럼, 가족의 칭찬을 받으면 서 공부하는 분과 자식에게 숨기는 분은 학습 능률 면에서 많 은 차이가 난다. 자녀들과 남편에게 칭찬과 관심을 받으며 학습 하는 분은 참으로 행복해한다. 조금만 성장해도 자신을 기특해 하고 자랑스러워한다. 아들이 칭찬했다고, 며느리가 공책을 사 주었다고 자랑하면서. 어떤 분은 사위와 같이 숙제했다고 이야 기한다. 자서전을 쓰는데 사위가 도와주었다고 말이다. 정말 멋 진 사위다. 그리고 대단한 장모다.

반대로 딸에게도 며느리에게도 말하지 못하고, 특히 사위가 알까 봐 숨어서 공부하는 어르신도 많다. 이분들은 대체로 공부 에 적극적이지 않고 매사에 시큰둥하게 임한다. 적극성이 부족 하고 성장도 느리다.

한편 비교적 젊은 학생 가운데, 의욕은 앞서고 능력이 따라 주지 않아 생각만큼 성과가 드러나지 않으면, 허탈감에 빠지고 급기야는 두통과 불면증을 호소하는 분들이 있다. 공부 몸살을 앓는다. 맺힌 한을 빨리 풀려고 너무 애쓰다 보니 이런 일이 벌 어진다. 이럴 때면 자식들은 대부분 부모의 공부를 말린다.

"그냥 옛날처럼 사세요. 지금까지도 한글 모르고 잘 살아왔는데."

얼마나 기를 꺾는 말인지 모른다. 안 그래도 공부하기 힘든데 말이다. 자식들마저 헤아려주고 도와주지 않으면 지속하기 힘든 것이 노인들의 학습이다. 그래서 중도에 포기하는 안타까운 경우가 더러 있다.

비문해자가 문해자가 되면 삶의 질이 얼마나 향상되는지 보지 않은 사람은 상상도 하지 못한다. 그러니 노인 학생들이 중도에 포기하는 일이 없도록, 초조하고 바쁜 마음을 이해하고 격려하고 지지하고 관심을 가지는 것이 필요하다. 가족은 늘 격려와 지지를 아끼지 말아야 한다.

가족의 지지와 관심이 과업의 효율성과 개인의 행복지수를 결정하는 데 얼마나 중요한지를 알게 되었다. 자녀를 키우는 데도 시사점이 많다. 자녀가 어떤 상황에 있는지에 대한 부모의 긍정적인 관심은 아이가 그 과업에 임하는 태도를 결정한다. 지지와 관심과 칭찬은 자존감을 높여주고 행복을 가져다준다.

어르신들을 통해 오늘도 나는 성장한다. 가족에게 어떻게 해야 하는지를 또 한 수 배운다.

딸에게 메세지 보내는 날

박 명자

딸 에게
처음으로 메세지를 보냈다.

딸이
놀라 전화를 했다.

엄마 한글 많이 배웠네.

딸의 칭찬 한 마디가
너무 감격스러웠다.

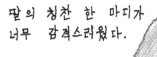

그 동안 노력한 보람 있구나.

아직은 모자라라 지만
열심히 더 배워야겠다.

<u>3장</u>

편지 쓰는 기 꿈이라오

"다이아몬드를 찾는 사람이 진흙과 수렁에서 분투해야
하는 이유는 이미 다듬어진 돌 속에서는 찾을 수 없기 때문이다.
다이아몬드는 만들어지는 것이다."
― 헨리 B. 윌슨

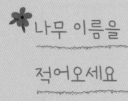
나무 이름을

적어오세요

이제 글을 쓴다

박남기

까막눈으로
서러운 인생을 살았다

이제 집 주소도 쓰고
전화번호도 쓰고
은행에 가서 돈도 넣고 뺄 수 있게 되었다

너무나 좋고 기쁘다
선생님, 마지막 가는 날까지
저희들 지켜주세요

이제 글자를 보고 다니세요

나의 제자들은 평생을 비문해자로 살아왔기 때문에 글자에 대한 의식이 없다. 문자에 대한 무감각증이랄까? 소리에는 민감한데 시각에 둔하다. 문자로 기록된 것에 관심이 전혀 없어서 그야말로 문자의 주변인으로 산다. 이것이 습관이 되어서 글을 배워도 안내나 공고문, 혹은 광고문에 대한 관심도가 낮다.

오늘날은 문해 세상이다. 말보다 글이 많이 쓰이고 더 힘이 센 세상이다. 그러다 보니 어르신들은 자신도 모르게 불이익을 당하고 소외되는 경우가 허다하다. 나는 늘 문자에 대한 관심과 예민함을 가지기를 지속적으로 지도하고 일깨워드린다.

"제발 글자 좀 보고 다니세요."

복지관 안내판에 아무리 큰 글씨로 써놓아도 무시하고 지나다니신다. 눈에 들어오지 않는 것 같다. 일부러 그러시는 것도 아닐 텐데 주의를 드려도 무시하기 일쑤다.

먼저 문자에 대한 관심과 자연에 대한 애정을 갖게 되기를 바라면서, 아파트 화단에 있는 '나무 이름 적어오기'를 과제로 낸다. 봄이면 꽃잎을 따서, 가을이면 단풍잎을 주워서 공책에 붙이고 이름을 적어오라고 한다. 그러면 어쩔 수 없이 팻말에 적힌 글자를 볼 테니까.

칠판에 걸어놓고 발표를 하는데, 다들 멋지고 거창하게 해오신다. 스케치북이나 달력을 이용해서 큼지막하게 써오기도 한다. 이 과제는 효과가 있다. 꽃 이름을 많이 알게 되고, 나무 이름도 익힌다. 놀라운 것은 꽃이 보인다는 것이다. 계절이 바뀌어 새 꽃이 피면 꽃잎을 따온다. 향기가 좋다고 서로 맡아본다. 감성이 살아난다.

무엇보다 글자에 눈이 간다. 세상에는 남에게 묻지 않아도 문제를 해결하는 방법이 있다는 것을 깨닫는다. 글을 보고도 믿지 못하고 꼭 남에게 물어봐야 마음을 놓는 습관을 고치게 된다.

병원 간판 적어오기, 상점 이름 적기, 상품 이름 적기, 아파트 이름 적기, 주변에 걸려 있는 현수막 내용 적기, 지하철 내 공익광고문 읽기 등 글자를 인식하고 문자와 가까워지고 친해지는 훈련을 한다.

삶의 경험에 기초한 문해 교육이 자신감 회복의 첫걸음이므로, 일상생활에서 글 쓰는 훈련을 많이 한다. 은행 이용해보기가 한 예다. 은행에 가서 입출금전표를 한 묶음 얻어와서는 직접 수업 시간에 써본다. 계좌번호 쓰기, 한글로 금액 쓰기, 도장 찍기 등등. 그리고 바로 은행에 가서 실제 체험을 해보게 한다. 그러면 정말 기뻐하신다. 직접 자신이 해보니 신기한 것이다. 들어갈 때 조심조심 열었던 은행 문을 나올 때는 힘껏 꽝 닫고 나온다. 너무 기뻐서, 자신에 차서.

결혼 축의금 봉투 쓰는 법, 세뱃돈 봉투에 문구 쓰는 법 등 실제 생활에 꼭 쓰이는 문자를 함께 공부한다. 봉투에 써온 걸 수정해서 드리기도 한다. 생활 문해 교육이야말로 진정 새로 태어나게 하는 것이고, 사회에 적응하는 훈련이다.

명절이 지나고 나면 다들 상기된 표정으로 경험담을 전하기에 바쁘다. 봉투에 삐뚤삐뚤 낯선 어르신의 글씨가 보인다.

사랑한다. 딸아, 고맙다. 아들아, 아가야, 며느리야, 손자야.

어느 집이나 딸의 반응이 제일 극적이다. 흑흑 흐느낀다고 한다. 아들은 헛기침을 한 번 하고는 자기 아이들에게 이렇게 말한다.

"안에 든 돈만 쓰고 봉투는 책상 서랍에 보관해둬라."

감동의 물결이다. 자식에게 인정받으니 그렇게 기쁠 수가 없다. 자식들 앞에서 자신감이 마구 샘솟는다.

실용문이나 일기, 생활문, 편지를 통한 문해 교육은 어르신들에게 꼭 필요하다. 평생 글자와 자신을 분리하고 글자로부터 주변인으로 사셨기 때문이다. 이제 글자와 가까워져야 한다. 자신의 글자로 자신의 삶, 그리고 일상에서 요구되는 일을 기록하는 행위야말로 자신감을 찾고 글자와 가까워지는 가장 좋은 방법이다.

일기로 나를 만난다

성인을 대상으로 하는 한글교실에는 몇 개의 단계가 있다. 첫걸음반, 초급반, 중급반, 고급반이 그것이다. 한글 기초가 끝나면 중급반으로 진급하게 되는데, 중급반은 배운 한글을 이용하여 직접 글을 쓰거나 처음으로 한글로 기록한 글, 문학을 접하는 단계다.

나는 중급반에 온 70~80대 어르신들에게 감히 일기를 쓰게 한다. 일곱여덟 살 아이에게도 인권 유린이니 사생활 침해니 하는 이유로 일기 쓰기 지도를 금하고 있는 이 시대에 말이다. 하지만 일기만큼 문장력, 표현력을 기르는 데 도움이 되는 것이 있을까? 노인 학생들은 필요를 느껴야 공부를 하고, 또 써봐야 내 것이 되기 때문에 반드시 일기를 써야 한다.

나는 저항을 무릅쓰고 일기 쓰기를 강행한다. 그런데 아무도 반발하지 않는다. 착한 나의 제자들은 이해심도 많다.

일기 쓰기는 만만치 않다. 낱말도 제대로 안 되는 상태인데 문장을 만든다는 것은 달걀로 바위 치기다. 쓰는 말이 모두 사투리인 부산 아지매들에게는 더욱 어렵다. 글이라고 썼는데 마치 암호문 같다. 난해하기 짝이 없다. 이럴 때는 교정할 것이 없다. 어쩌다 맞는 낱말이 보이면, 빨간색으로 크게 동그라미 표시를 해준다. 그리고 사인해서 다음 시간에 돌려준다.

이때 성급한 분들은 일기 쓰기를 그만둔다. 교사가 성의가 없다고 여기신다. 많이 고쳐줘야 하는데 별 표시가 없으니 기분이 나쁜 것이다. 이럴 때는 참 난감하다. 설명할 길이 없다. 설명해도 이해하기 어렵다. 세월이 지나고 좀 더 실력이 늘고 나면 교사의 마음을 아시려나?

점차 동그라미가 많아진다. 그러면 아주 기본적인 것을 교정해서 드린다. 어느 날 완전한 문장이 만들어지면 별표를 마구 친다. 잘 썼다고 댓글도 써드린다. 자신감 고취를 위해서 수업 시간에 읽어주기도 한다. 다른 학생들에게 일기 쓰는 방법을 간접적으로 교육할 수 있기 때문이다.

실력이 늘어날수록 교정할 것이 많다. 교정해서 나누어주면 학생들은 자기 글씨로 다시 고쳐서 제출한다. 맞춤법에 맞게 쓰려고 무진 애를 쓰면서 책에서 배운 단어를 찾아서 쓰신다. 이렇게 어휘력과 표현력이 길러진다.

어르신들은 두 권의 일기장을 준비한다. 한 권은 제출하고, 다른 공책은 집에서 쓴다. 교사는 집에 들고 가서 검사한 후, 다음 시간에 돌려준다.

선생님,

요즘 날씨가 더워서 많이 힘드시지요?

더울 때는 너무 힘들게 하시지 마세요.

시원해지면 그 때 하셔도 되지요.

선생님, 항상 건강하시고 행복하세요.

전 이번에 생각도 안 했는데 상을 주시네요.

생각을 해보니 그동안 일기 쓴 것이 도움이 된 것 같습니다.

이 상은 선생님이 주신 거라고 받겠습니다.

고맙습니다.

2016년 7월

제자 박정자 올림

이 편지를 보낸 분은 전국 시화전 대회에서 큰 상을 받았는데, 평소 일기를 아주 잘 쓰셨다. 일기를 쓴 덕분에 상을 받게 되었다고 편지를 보내신 것이다. 이래저래 일기는 참 중요하다. 글쓰기의 처음이며 끝이다.

1년 정도 일기를 쓰다 보면 일기가 그렇게 부담스럽지 않다. 글감도 다양해진다. 처음에는 주로 먹는 이야기다. 무엇을 먹었는지, 어떤 음식을 했는지를 쓴다. 그러다가 눈에 보이는 것을 쓰기 시작하고, 생각한 것도 적는다. 후회되고 고마운 일도 쓴다. 세월이 참 무상하다는 판단도 하신다. TV에서 본 것도 적어둔다. 드디어 일기를 통해서 자신을 만난다. 그리고 세상을 만난다.

아이에게 일기 쓸 거리를 만들어주기 위해 책을 읽히고 여행 가고 하듯이, 어르신들도 일기 글감을 찾기 위해서 충실히 하루를 산다. 일기 쓰는 재미로 세상을 산다고 말할 정도의 경지에 이른다. 그러면 이제 교사와 소통을 시도한다. 자신의 삶을 가지고 일기장을 통해서 소통하는 것이다.

"선생님은 이것을 어떻게 생각하셔요?"

"글쎄요, 지혜로운 어르신이 항상 옳지요."

아들과 함께 쓰는 일기

어쩌다가 익숙한 형식의 글을 발견하게 되기도 한다. 틀에 박힌 옛날식 일기 말이다.

"오늘 이런 일을 했다. 내가 잘못한 것 같다. 다음에는 조심해야겠다."

오늘 한 일, 반성 및 계획까지 딱 틀에 맞는 글이다. 맞춤법도 틀림이 없다.

"어르신, 참 잘 쓰셨어요. 대단하셔요."

이렇게 말씀드리면 예상했던 대답이 돌아온다.

"아들이 도와주었어요."

"우와, 대단하네요. 아드님 너무 멋져요."

저녁마다 아들이 "엄마, 일기 씁시다"라고 한단다. 엄마가 쓰고, 아들이 부르고 엄마가 쓴 것을 아들이 고쳐주고. 얼마나 아름다운 모습인가?

유복자 막내, 남편을 잃고 혼자 고생고생하면서 기른 아들과 오순도순 저녁마다 일기를 함께 쓴다. 아들과 함께 일기 쓰는 그 시간이 정말 행복하다. 간혹 과거에 힘들었던 이야기를 하면 아들이 엄마를 위로해준다.

"선생님, 우리 아들 진짜 효자입니다."

이렇게 자랑도 하신다. 이런 아들 때문에 그래도 자기 인생이 조금은 덜 억울하다고. 일기 쓰기가 가져다준 생각지도 못했던 효과다. 언제든 어떻게 하든 시도만 하면 그곳에 치유와 기적과 역사가 일어난다.

이런 과정을 거쳐 탄생하는 개개인의 일기장은 정말이지 소중하다. 자기 땀이 배어 있고, 가족의 사랑이 담겨 있으며, 소통과 성장의 흔적이 들어 있다. 이 일기장이 어르신들에게는 최고의 보물이 된다. 자녀들에게 남겨줄 소중한 유산이 되는 것이다.

늙짜이의 꿈

박달막

한 땀 한 땀 정성스레 만든 옷
손주들이 나비처럼 팔랑이며
입고 다니는 옷이 내꿈이다

또박 또박 눌러 쓴 글
내마음의 그림 처럼 써내려간
늙짜이 일기장이 내꿈이다

나의 일기장

어르신들에게 귀한 것을 선물하게 된 것 같아 참 뿌듯하다. 사랑하는 손주들을 위해 평생 닦은 바느질 솜씨로 정성스레 옷을 만드셨다. 옷도 보물이고, 그 옷을 입은 손주들도 보물이다. 사랑스러운 눈길이 느껴진다. 옷도 아이들도 나비처럼 팔랑인다니.

그런데 이제 또 보물이 생겼다. 늘그막에 말이다. 바로 일기장이다. 또박또박 눌러 쓴 일기장. 최선을 다해서 정말 열심히 일기를 쓴다. 처음부터 끝까지 공책을 또박또박 채운다. 할 말이 넘치도록 자꾸 생각이 난다. 선생님과 대화하듯이 쓰신다. 항상 끝에는 "선생님도 잘 자세요. 내일 만나는 날이네요. 기다려집니다"로 인사하신다.

그 일기장이 '내 마음의 그림'이란다. 어쩜 이런 표현이 가능할까? 또박또박 눌러 쓴 글을 내 마음의 그림처럼 써 내려갔단다. 마음을 그려놓은 일기장이 자신의 꿈이란다.

이렇게 글쓰기가 좀 자유로워진 최근에는 짧으나마 자서전 쓰기를 하고 있다. 자서전 쓰기는 지난 자신의 삶을 돌아보는 좋은 기회를 제공한다. 자기 삶에 기초한 글쓰기는 쉬우면서도 자신감을 향상시키는 좋은 도구다. 나아가 자신과 타인, 그리고 세상과 연결하는 통로가 된다.

내가 걸어온 길

김순연

밀양에서 태어나서 농사짓고 산다고 학교를 다니지 못했다. 친구가 학교에 가는 모습이 너무 부러웠다.

결혼해서 딸 둘, 아들 하나를 낳아 어렵게 키웠다. 아이들을 키우면서 글을 몰라 더 힘들었다.

어느덧 세월이 흘러 내 나이 칠십이 넘어 한글을 배우는 복지관을 알게 되었다. 이곳에서 좋은 선생님을 만나 한글을 배우고 새로운 친구들도 만났다.

지금은 은행도 혼자 갈 수 있고 병원도 혼자 갈 수 있다. 하루하루 새로운 세상을 사는 것 같다.

앞으로 공부를 더 열심히 해서 아들딸들에게 편지도 보내고 싶다.

자서전

이재금

내가 클 때는 친정집이 농사가 많고 일이 많았다. 또 동생들도 키우고 일꾼들 밥도 해주어야 했다. 당연히 나는 학교에 갈 수가 없었다. 친구들이 가방을 메고 학교에 가는 것을 보면 부러웠다.

그렇게 지내다가 "시집가거라. 부산에 시집을 가면 좋다. 일도 많이 안 해도 된다"는 말을 듣고 결혼을 했다. 시집살이를 했다. 일도 많이 했다. 자식도 낳아 키웠다.

고생도 많이 하고 살기가 힘이 들어서 장사를 했다. 장사도 해서 살아라 하는 팔자가 있나 보다. 그러나 그것도 까막눈이라 힘들었다. 외상이 제일 문제였다.

초량에 가서 오뎅을 사와 서면 시장에서 앉아서 팔았다. 다 팔고 나면 보리쌀과 쌀을 사서 다라이에 담아서 이고 집으로 왔다. 고갯길이 넘어도 또 넘어도 끝이 없어 고생스러웠다.

지금은 살기가 좋지만 몸이 아프다. 걸음 걷기가 힘들다. 그래도 복지관 학교를 오면 내 인생은 즐겁다. 선생님과 친구들과 만나면 행복하고 기쁘다.

🌸 시가 뭐꼬?

시를 쓰는 행운

허부순

나는 글을 몰랐습니다.
늙어서
자음 모음부터 배웠지요.

한글을 알고 나니
세상은 밝고 아름다웠습니다.
글을 배우러 다니면서
항상 즐겁고 행복했습니다

시화전 글을 쓰려고 고민하고
있는데
친구가 나를 보고 자신의 글도 몇자
적어오라고 했지요.
내가 왜 그 마음을 모르겠습니까?
나도 친구와 똑같으니까요.

그러나 힘들어도 써 봅니다.
이 나이에 시를 써보는 것은
참으로 행운이니까요.

시를 쓰는 행운을 얻었다

한글을 갓 뗀 한글교실 학생들에게 시를 가르치기란 참 어렵다. 비문해자가 문자로 표현된 것을 평소 볼 일이 있을 리도 만무하지만, 그중에서도 특히 생소한 것이 바로 시다. 일기나 편지는 과거에 써보지는 않았어도 들어는 본 말이다. 하지만 시라는 말은 들어보지도 못했다. 그런데 시를 가르치고 또 그것을 쓰게 해야 한다.

"시가 뭐꼬?"

누군가의 시집 제목처럼 어르신들도 눈을 껌뻑이며 이렇게 묻는다. 참으로 난감하고 막막하다. 실제 시를 보여주고 가르치려 해도 그것도 쉬운 일은 아니다. 시 내용이 좀 심오한가? 그렇다고 동요나 동시를 가지고 시를 가르치는 것도 문제가 된다. 자칫 시라는 것이 아이의 눈으로 바라본 것처럼 써야 한다고 고정화될 수 있다는 우려 때문이다.

그래서 생각한 것이 짧고도 쉬운 시 찾기였다. 여기서 쉽다는 말은 쉬운 것으로 해석이 가능하다는 뜻이다. 처음에는 칠판에 적어서, 그다음에는 받아쓰기 모양으로 불러드렸다.

연과 행의 구분을 가르치려고 애썼다. 일단 형식적인 차이를 눈으로 확인할 수 있는 것이 중요하니까. 그래도 일기를 배우고 나니 참 다행이다.

김지하의 〈새봄〉, 정지용의 〈호수〉, 나태주의 〈풀꽃〉과 〈행복〉, 고은의 〈그 꽃〉 등을 베껴 쓰게 했다. 처음에는 많이 힘들어하신다. 얼굴에 짜증이 보인다. 암호를 듣는 것처럼 난해한 표정이다. 왜 안 그렇겠는가? 낱말 겨우 익히고 문장은 만들어 보지도 않았는데, 연도 행도 모르는데 띄어쓰기를 하라 하고 줄도 바꾸라 하고 똑같이 쓰라고 한다. 똑같이 쓰는 게 어떤 건지도 잘 모르는데 말이다.

그래도 계속 반복한다. 반복하면서 자꾸 쓰게 한다. 읽고 또 읽는다. 수업 시간마다 계속 한 편만 한다. 그리고 뜻을 해석한다. 그러면 조금씩 알아들으신다. 풀어 설명하니 뜻밖에 아주 좋아하신다. 인생을 살아온 지혜와 통찰이 있으니 의미에 대한 이해도가 높다. 아이들을 가르치는 것과 이런 점이 다르다. 형식이나 문장, 맞춤법에 대한 이해는 떨어지지만 내용과 주제에 대해서는 이해력이 높아 아주 쉽게 감동하고 감격하신다. 아마도 평생을 살아온 경험 때문에 시인의 생각과 감정을 받아들이고 수용하는 데 어려움이 없고 공감할 수 있나 보다. 감수성이 예민한 소녀 같은 순수함이 있다. 얼마 안 가서 시 수업을 아주 좋아하신다.

다음에는 시를 외우게 한다. 보지 않고 머리를 쓰거나 상상하는 훈련을 한다. 낭독의 즐거움을 느끼게 한다. 여러 차례 읽고 또 읽는다. 그러면 시의 맛을 느끼기 시작한다. 짧은 글에서 올라오는 오묘한 아름다움을 감지한다.

산에 가거나 공원을 걷거나 지하철을 타도 이제 시가 보인다. 시비에 새겨진 글을 적어오시기도 한다. 연산동 배산을 오르는 곳에서도 시를 발견한다. 시민공원 비석에 새겨진 시를 읽는다. 아파트 오솔길 시비도 읽을 줄 아신다. 시와 산문이 어떤 점이 다른가를 조금 알게 된 것이다.

이제 시를 써야 한다. 자기 생각과 마음을 직접 글로 그려 넣어야 한다. 읽기보다 쓰기가 훨씬 어렵다. 일반 생활문도 그러한데 하물며 시야 말해 무엇하겠는가? 일단 시라는 것이 특별하지 않다는 것을 설명한다. 생활을 기록하는 일기를 시로 만드는 작업을 보여드린다. 이미 일기를 쓰고 있는지라 알아들으시는 분이 많다.

말 못 했다
허부순

오후에 일기를 쓰고 인는대
육총 사모님이 왔다

이런 저런 이야기를 많이 했다
공부 한다고 말을 못 했다.

크게 죄지은 일도 아 닌대
이 나이에 공부 한다고 욕할까바
말 못 했다

어르신들의 일기 한 부분을 찾아 시로 바꾸어보았다. 일기와 시의 같은 점, 다른 점을 보여주면 좀 더 쉽게 시에 접근해간다. 이 작품은 나중에 전국 시화전 대회에 출품하여 부산시장상을 받았다(2015년).

이제는 내가 시인

시 쓰기에 매우 도움이 되는 것이 있다. 바로 일본인 시바타 도요라는 할머니 시인이 99세에 쓴 시집이다. 장례비용으로 시집을 내서 아주 인기가 있었고 시집이 100만부나 팔렸다고 한다. 지금은 돌아가셨지만.

시바타 도요의 시를 한 편씩 가르쳐드린다. 쉽고 무엇보다 내용이 어르신들의 삶과 아주 유사해서 좋은 학습자료가 된다.

침대 머리맡에 항상 놓아두는 것은 라디오, 약봉지

시를 쓰기 위한 노트와 연필

벽에는 달력 날짜 아래

찾아와주는 도우미의 이름과 시간

빨간 동그라미는 아들 내외가 오는 날이다

혼자 산 지 열여덟 해

나는 잘 살고 있습니다　　　　　　　　　－〈나〉중에서

이번 주는 간호사가 목욕을 시켜주었습니다

아들의 감기가 나아 둘이서 카레를 먹었습니다

며느리가 치과에 데리고 가주었습니다

이 얼마나 행복한 날의 연속인가요?

- 〈행복〉 중에서

시바타 도요의 시는 노인 학생들에게 참으로 친근하게 와닿는다. 시라는 것이 손에 잡히지 않다가 드디어 실체를 거머쥐게 된다.

'나'라는 제목으로 모방 시를 짓게 한다. 같은 형식으로 자기 이야기를 써보게 한다. 그러고는 시바타 도요 할머니의 '행복'은 무엇인가를 찾아본다. 그것을 모방해서 자신은 왜 행복한지를 시로 쓰게 한다. 모방시 쓰기 작업은 시를 쓰는 데 자신감을 갖게 한다. 이런 과정을 거쳐 나의 제자들은 여러 편의 시를 쓴다. 그래도 시 쓰기를 부담으로 여기는 분이 많다.

물론 앞의 시 〈시를 쓰는 행운〉의 글쓴이처럼 시 쓰는 것을 행운으로 여기고, 자신을 자랑스럽게 생각하는 분도 있다. 따로 개인 시집 공책을 가지고 다니면서 시를 쓰는 분도 있으며, 일기를 시 형식으로 쓰는 분도 있다. 문학소녀가 여러 명 탄생한 것이다.

나도 시인이다

박연자

늦은 나이에
학교를 다니고
공부를 하는 게이
힘들 지만
재미가 있었다.

그런데 이제는
내가 시를 쓴다.

친구들아
보아라
움추렸던 내가
나도 이제 시인이다.

이제 내가 시인이다. 친구들에게 자랑한다. 시를 써보는 행위 자체에서 자신감이 생긴다. 시나 편지 같은 문학 작품 쓰기는 지금까지 해보지 못했던 새로운 역할에 대한 도전이다. 그럼으로써 자신의 지경이 넓어지고 힘이 생긴다. 남의 글을 읽는 데서 기쁨을 찾던 것을 넘어서 비록 부족하지만 한 편의 시를 스스로 완성하고 나면, 뿌듯함은 물론 자기 자신이 다르게 보이지 않겠는가?

우수한 작품은 국가평생교육진흥원에서 주관하는 전국 시화전 대회에 출품하는데, 제자들 중 여러 명이 수상을 했다. 해마다 꼭 한 분 이상 상을 받는다. 인재들이 참 많다. 가르치는 보람이 얼마나 큰지 상상도 못 할 것이다.

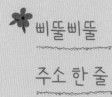
삐뚤삐뚤

주소 한 줄

세상에서 너무 행복 합니다

김 순연

예날에 시골 소녀로 태어나서
이제는 내 나이가 벌써 칩십년
　　세월이 지났 다

낫놓고 기역자도 모르는 내 가
시골 소녀가 많이 변화가 왔 다

세상이 밝아 요즘에는 단녀도
눈이 밝아 보여 너무 기분이 좋아요

세상에서 너무 행복합니다
앞으로 편지 쓰는 기 꿈입니다

평생 처음 우체국에 갔어요

한글교실 학생들도 은행과 동사무소는 잘 안다. 그런데 우체국은 무엇을 하는 곳인지 잘 모르는 분이 의외로 많다. 근처에 있어도 있는 줄도 모르는 경우도 있다. 바로 옆에 있어도 보이지 않는다. 무심히 흘려보내는 것이 평생의 습관이 되었다. 아는 만큼 보인다는 말이 생생히 와닿는다.

눈 뜬 봉사로 지내다가 나이 칠십에 글눈을 떴다. 시골 소녀가 많이 변했다. 눈이 밝아 기분이 좋다. 행복하다. 그런데 이제 편지를 쓰고 싶다. 그게 꿈이다.

어르신들에게 한글 공부를 해서 제일 하고 싶은 일이 무엇인지 물어보면, 가장 많은 대답이 자신이 직접 편지를 쓰는 것이라고 한다. 가장 따뜻한 사람, 동생에게 그리고 친구에게. 우리는 모두 소통하고 싶다. 은밀하게 마음을 전하고 싶다. 말보다 글이 정말로 필요한 순간이다. 그런데 어떻게 해야 하는지 몰라 답답하다.

수업 시간에 어르신들의 꿈을 위하여, 그리고 이웃과의 소통을 위해서 편지를 쓰기로 했다. 먼저 편지 봉투 쓰기부터 가르친다. 규격 봉투와 일반 봉투를 구별할 수 있도록 준비해간다. 우편번호도 알려준다. 그런 것이 있는 줄도 모르는 분이 태반이다.

"같은 부산인데 선생님하고 우리 집이 번호가 다르네요?"

실제 체험 학습을 위해서 우체국에 들러 우표를 사 오시라고 한다. 그리고 편지 봉투에 쓸 주소를 알아 오라고 하고는 다음 날, 받는 사람과 보내는 사람, 주소 쓰는 연습을 한다. 이렇게 해도 받는 사람과 보내는 사람의 주소를 바꾸어 써서 다시 편지가 돌아오는 경험을 하는 분이 여럿 있다.

그러고는 편지 쓰기 과제를 내준다. 교과서의 편지를 한 편 공부하고 그 형식에 좇아서 쓰게 한다. 평생 처음으로 편지를 써보는 것이다.

"선생님, 힘들어요. 못 합니더."

"아니요, 하실 수 있어요."

다 해오실 줄 알고 있기 때문이다. 한번 엄살을 부려보는 것이다. 자신이 없어서, 해본 적이 없어서 자기효능감이 낮을 뿐이다. 자신이 할 수 있으리라는 믿음이 없어서다. 자꾸 경험하게 하고 성공하는 체험을 하게 해서 자신감을 회복시키는 것이 나의 교육 목표다.

글을 배운다고 행복해지는 것이 아니다. 공부를 잘해서 행복해지는 게 아니다. 성공의 경험을 통해 인정받음으로써 자기 자신을 믿고 사랑하게 되고, 거기서 오는 기쁨으로 행복이라는 감정을 느낄 수 있다.

다음 시간에 다들 편지를 한 장씩 써오셨다. 집에 있는 아들에게, 또는 동생에게, 옆의 짝지에게. 어떤 분은 돌아가신 남편에게 보내는 편지를 써왔다. 옛날에 못 썼던 편지를 이제야 써 본다며 우신다.

어르신들 모두 편지의 기본 형식을 좇아 잘 쓰셨다. 일단 과제를 내면 다 잘해오신다. 평생 살아오면서 생긴 지혜와 눈치라는 게 있어서 걱정하시는 것보다 항상 결과는 좋다. 미리 걱정하는 것 때문에 힘들 뿐이다.

각자가 준비한 편지 봉투에 편지를 넣어서 풀로 붙인다. 그리고 직접 우체국에 가서 편지를 부친다. 복지관 바로 앞에 있는 우체국을 안내해드린다. 바로 생활 문해 교육이다.

편지는 힘이 세다

최고령인 어르신이 딸에게 보내는 편지를 써왔는데, 아무래도 마음이 쓰이시는지 틀린 부분을 좀 고쳐달라고 했다. 연필로 또박또박 정성스레 아주 잘 쓰셨다. 마침표를 찍고 맞춤법 틀린 것 두어 개를 고치고는 전체 학생들 앞에서 낭독을 했다.

"잘 쓰셨어요."

아주 기뻐하셨다. 그저 딸에게 미안하다는 내용이었다. 엄마가 못 배운 탓에 키울 때 상처를 많이 주었다고. 잘하는 것인 줄 알았는데 그게 아니었다고 용서해달라고. 분위기가 숙연해졌다. 85세의 어르신이 쉰 가까운 막내딸에게 마음속의 말을 한 것이다. 입으로는 절대 할 수 없는.

다음 주에 어르신이 딸로부터 받은 답장을 가지고 왔다. 교실은 환호성으로 터져나갔다. 보낸 편지 내용을 다 알고 있던 학생들은 답장 내용을 궁금해했다.

딸은 너무 놀라서 어쩔 줄 몰라 했다. 엄마가 글을 아시다니, 거기다가 자기에게 편지를 쓰다니. 그것도 용서의 편지를 쓰다니. 그러고는 엄마를 이해한다고, 사랑한다고 했다. 걱정하지 마시라고. 교실은 또 울음의 도가니가 되었다.

어르신들은 깨달았다. 글이 얼마나 위대한지를. 말로 할 수 없는 것을 글이 대신한다는 사실을. 편지가 얼마나 큰 역할을 하는지를. 가족이나 친척과 소통하는 데 편지가 정말 필요함을. 그리고 이렇게 해서 관계가 회복된 것도 아시리라.

이제 나의 제자들은 편지를 잘 쓴다. 완전 비문해에서 반 문해로, 또 기초 문해로 발전했다. 일기도 쓰고, 편지도 쓰고, 관공서에서 간단한 업무도 볼 정도가 되었다. 얼마나 고마운지 모른다.

어떤 분은 전화보다도 편지를 더 좋아하신다. 나에게도 종종 편지를 보낸다. 연필로 정성스레 주소를 써서 보내는데, 스승의 날이면 어김없이 몇 분이 보내주신다. 또 방학 때면 꼭꼭 보고 싶다는 편지를 한다. 정말 자랑스럽고 고맙다.

박재명 선생님에게

이 제자가 짧은 글이지만 몇 자 적어봅니다.

새해에도 복 많이 받으시고 가정에도 행운이 가득하시기를 빌겠습니다.

그런데요, 선생님이 애써 가르쳐주신 글자들이 설을 쇠고 나니 다들 도망갔는지 머릿속이 텅텅 빈 것 같아요. 미안합니다. 글씨도 삐뚤삐뚤 받침도 맞지 않을 것 같아요. 미안해요. 선생님이 글자를 만들어서 읽어보세요. 미안합니다.

선생님 보고 싶어요, 선생님 선생님 불러도 불러도 자꾸자꾸 부르고 싶은 그 이름, 생각만 해도 보고 싶답니다.

선생님 가르쳐주신 그 은혜는 잊지 않고 오래오래 간직하겠습니다.

춥고 매운 겨울은 다 지나가고 따뜻한 봄이 오면, 꽃도 피고 잎도 피어서 해당화 진달래 개나리 수많은 꽃들이 활짝 피는 따뜻한 봄이 오면 보고 싶은 선생님 만나는 꿈을 매일매일 꾸고 있답니다.

2019년 2월 14일 목요일
제자 박달막 올림

이런 편지로 관계는 더욱더 깊어진다. 교사와 학생의 만남이 아닌 인격 대 인격의 만남으로 이어지고, 늘 생각하는 서로 의미 있는 존재가 된다.

편지를 받으면 나는 반드시 답장을 한다. 쉽지 않은 글이 어르신들에게 보내는 편지다. 그래도 나름대로 최선을 다해서 답장을 쓴다. 그러면 며칠 뒤에 어김없이 전화가 온다. "그것도 편지라고 답장을 하셨네요"라면서. 그래도 선생님에게 답장받는 것이 최고의 기쁨이라는 말을 꼭 덧붙이신다.

사랑하는 어르신께

어르신, 편지 잘 받았습니다.

어르신의 편지는 따뜻한 봄소식 같고 향기로운 봄꽃 같습니다. 어쩌면 글을 이렇게도 잘 쓰시는지요? 보석 같은 우리 어르신, 진짜 작가이십니다.

설 쇠고 글자들이 다 도망을 가서 머릿속이 텅텅 빈 것 같다고 하셨는데, 한 녀석도 도망 안 갔네요. 대단하셔요. 정말 잘 쓰시네요.

저도 어르신 뵐 날을 손꼽아 기다리고 있는데, 시간이 진짜 잘 안 가네요. 아직도 두 달은 더 기다려야 할 것 같습니다.

올해에는 또 어떤 재미난 일이 벌어질까 벌써 기대되고 설렙니다.

빨리 뵙고 싶습니다.

저도 어르신 꿈꾸면서 해당화 꽃피는 따뜻한 봄을 기다릴게요.

늘 건강하세요.

2019. 2. 20
박재명 올림

삐뚤삐뚤 적은 주소 한 줄

차곡차곡 모아놓은 편지를 꺼내 본다. 수북이 쌓여 있는 편지를 보면 참 기쁘다. 그분들의 얼굴을 하나하나 떠올려본다. 지금은 소식조차 없는 분도 있고, 수십 통에 이른 편지의 주인공도 있다. 엽서도 있고 연하장도 있다. 학부모(어르신의 딸)가 보낸 것도 있다.

점점 세상은 삭막해지고 손편지는 어느덧 유물처럼 되어버린 이 시대에, 떨리는 손으로 한 자 한 자 적은 글을 보면 가슴이 뭉클하다. 얼마나 긴 시간을 힘들게 쓰셨을까? 연필로 삐뚤삐뚤 긴 주소를 잘도 적으셨다. 대한민국에서 이런 편지를 받을 수 있는 사람이 과연 몇이나 될까? 정과 정성이 듬뿍 담긴 편지를.

선생님께

　하늘은 더없이 푸르고 화창한 가을날, 낙엽은 떨어지고 초겨울이 오네요. 방학을 맞이하여 문안 인사를 드립니다.

　선생님 만났을 때 엊그제 같은데 벌써 일 년이라는 세월이 흘러갔습니다. 내 이름도 잘못 쓰던 우리를 이만큼 잘 가르쳐주신 선생님이 너무나도 고맙습니다.

　복지관에 가는 날은, 오늘은 가면 글을 한 자라도 배운다는 생각을 하면 마음이 기뻐요.

　그동안 아낌없는 진심으로 가르쳐주신 선생님 감사드립니다.

　잘 쓰지도 못한 글을 몇 자 올립니다.

　앞으로 추운 겨울 내내 건강하세요.

2015. 11. 23
장옥선 드림

　이 편지는 딸에게 편지를 썼던 그 어르신이 그해 방학에 나에게 보내준 편지다. 그립고 보고 싶은 필체다. 37년간이나 뜨개질을 하느라 눈이 너무 나빠져서, 더 이상 공부를 하지 못하게 되어 어쩔 수 없이 학교를 떠나셨다. 참 많이 뵙고 싶다.

선생님 감사합니다.

날씨가 잔뜩 흐리네요.

저희 어머니가 선생님한테 한글 공부를 배우시고 나서

마음과 건강이 좋아지셨다고

늘, 선생님께 감사하다고 말씀하세요.

이렇게 지면으로 인사드려 죄송합니다.

언제나 건강하시고 행복하세요.

이분순 어머니 딸 드림

어느 제자의 딸이 보낸 편지다. 간혹 이렇게 학생들의 보호자를 글이나 전화로, 또는 직접 만나는 일이 있다. 학생들의 학부모인 셈이다. 학교에서 아이들을 가르칠 때는 학부모가 참 부담스러웠다. 지금은 학부모를 대하면 고맙고 편안하다. 그분들에게는 자식에 대한 욕심 대신 부모에 대한 사랑이 있어서가 아닐까?

"선생님 감사해요"라는 인사에서 진심을 느낀다. 더욱더 어르신들을 사랑으로 대해야겠다고 다짐하게 된다.

선생님 감사합니다

손이순

선생님 감사합니다
고맙습니다

그리고 무지관 선생님 감사합니다
고맙습니다

뚝박뚝박 글도 쓰고
친구들과 즐겁게 배웁니다

앞으로 나날이 배우고
밝혀서
한글 열심히 읽고 싶어요

한자 한자 가르쳐 주시는
선생님
감사합니다

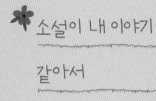

소설이 내 이야기

같아서

재미있는 공부방

전금주

나는 매주 월요일 한 시
노인 복지관 2층 공부방으로 간다

들뜬 마음으로
기쁘게 공부방으로 간다.

소설 상록수를 배우는
재미있는 공부방으로 간다.

나는 소설이 너무 재미있다.
한글을 배워서
소설을 읽을 수 있어
너무 행복하다.

앞으로도 계속
재미있는 소설을 배우러
2층 공부방으로 갈 것이다.

재미있는 책이 필요해

노인 학생들의 한글 공부는 참 어려운 작업이다. 혀가 굳어져 발음도 어렵고, 실제로 언어 학습을 할 기회가 없다. 주로 혼자 살기 때문에 누구에게 물어볼 수도 없다. 무엇보다 배우는 속도보다 잊어버리는 속도가 더 빠르니 언제 익힐 수 있단 말인가.

아이들의 문자 교육과 비교해보면 여러 가지로 열악하다. 우선 아이들은 다른 과목을 통해서도 문자 교육이 가능하지만, 성인 문해 학습자들은 한글교실 한 과목만, 그것도 성인 문해용 교과서 하나로만 학습하기 때문에 경험이 제한적이다. 아이들은 그냥 자연스럽게, 자기도 모르게 글자를 알게 된다. 생활 자체가 문자에 노출되어 있기 때문에 시간을 보내기만 하면 자연적으로 습득되는 것이다. 그리고 아주 어릴 때부터 그림책이나 동화책, 특히 소리를 들려주는 동화책을 통해서 쉽게 한글을 배운다.

그런데 노인 학습자는 한글 기초를 배우고 난 뒤에도 의도적인 학습의 기회가 없으면 금방 비문해자로 돌아간다. 적용과 응용 과정을 통해서 완전히 익힐 때까지 계속 문자 생활을 해야 하는데 환경이 조성되지 못하는 안타까움이 있다.

이런 여러 가지 이유로 어르신들이 한글을 완전히 터득하는

데 시간이 너무 오래 걸린다. 교과서로만으로는 한계가 있다. 어쩌면 좋을까? 마음은 급하고 시간은 없다. 아이들은 동화책을 통해서 한글을 익히지 않는가? 그래, 우리 어르신들도 책을 읽히자. 재미있는 책을.

적당한 책을 찾으러 서점에 갔다. 그런데 불행하게도 노인 문해 학습자를 위한 도서는 우리나라에 단 한 권도 없었다. 이 분들을 위한 책은 형식과 내용이 다 중요하다. 우선 시력이 안 좋으니 활자가 커야 하고, 내용과 표현에서 문해 능력이 부족하니 쉽고 짧아야 한다. 이런 책은 어린아이들을 위한, 표지가 두꺼운 동화책밖에 없었다. 엄청나게 무거운 책을 낑낑거리면서 사 왔다. 〈아기돼지 삼형제〉, 〈콩쥐팥쥐〉 등이 들어 있는 동화책 전집을 사서 한 권씩 나누어드리고, 돌려가면서 읽으시라고 말씀드렸다.

결과는 참패였다. 우선 내용이 너무 부실했다. 어르신들은 문자해득 능력이 좀 부족할 뿐 평생을 살면서 깨우신 깊은 지혜가 있는 분들이다. 그러니 유아를 대상으로 하는 글은 전혀 수준에 맞지 않았다. 어르신들의 기분만 나쁘게 한 것이다.

문자 교육은 그것 자체가 목표가 아니고 다른 학습을 위한 도구이다. 문자를 빨리 익혀서 다른 공부, 즉 생활에 필요한 능력을 기르는 공부를 해야 한다. 성인 문해 교육이 효율적으로 이루어지고 성공해야 다음 단계가 가능하다. 그러기 위해서는 국가 차원의 지원이 필요하다. 시화전 같은 행사와 아울러, 한글 실력을 향상시키고 비문해자로 복귀하는 현상을 막기 위해 맞춤 도서를 개발하고 보급해야 한다.

내 제자들은 사정상 학습을 못 했던 것이지 게을러서 혹은 학습 의욕이 없어서 젊은 시절에 공부를 안 한 게 아니다. 그러니 지속적이고 주도적인 학습욕구를 충족시킬 수 있도록 국가가 지원해야 한다. 노인들을 위한 '큰 글씨 도서'가 있긴 한데, 활자만 클 뿐이지 나의 제자들에게는 해당되지 않는다. 성인 문해 교육을 받는 학생이 효율적으로 한글학습을 하기 위해 국가 차원에서 교과서 외에도 맞춤 도서를 개발해야 하고 또 널리 보급해야 한다.

고민 끝에 중학교 교과서에 나오는 소설을 교재로 삼기로 했다. 표현이 내 제자들의 수준에 좀 어렵기는 하지만 내용은 괜찮을 것 같았다. 그래서 전문을 구해다가 15포인트로 확대 인쇄해서 한 권씩 배부했다. 〈소나기〉, 〈옥상의 민들레꽃〉, 〈요람기〉 등 주옥같은 작품들이다.

결과는 대성공이었다. 처음에는 한글을 익히기 위한 목적으로 맞춤법과 낱말 뜻 중심으로 수업을 진행했고, 실력이 늘자 완전히 문학 수업으로 전환하였다. 고급반 학생을 대상으로 일주일 3회 수업 중 한 번, 두 시간씩 따로 소설 읽기 시간을 두어 지금까지 진행해오고 있다.

앞의 〈재미있는 공부방〉이라는 시는 소설 수업의 즐거움에 대해서 쓴 글이다. 얼마나 좋아하셨는지 모른다. 이야기에 쏙 빠져들어서 읽고 쓰고 또 쓰고 좋아서 어쩔 줄을 모른다. 신세계의 발견이다. 학습욕구를 충족함은 물론 자기 실력을 확인할 수 있는 참으로 귀한 경험이다. 너덜너덜해질 때까지 틈만 나면 읽는다.

나는 큰 소리로 읽으라고 권장한다. 안에 있던 목소리가 드디어 세상 밖으로 나온다. 그러면 한글 실력이 부쩍 는다. 눈에 익은 것이 손으로도 쓰인다. 읽기가 쓰기로 자동 연결되는 것이다.

소설을 읽고 펑펑 울었다

〈소나기〉와 〈요람기〉를 읽고 어린 시절을 추억한다. 까마득히 잊고 있었던 자신들의 세계가 밖으로 나오면서 기쁨과 즐거움을 안긴다. 이것을 함께 나누며 서로 공감하고 유대감을 느낀다. 글로써 다시 어린 시절의 천진함을 누려보는 행복한 시간을 가졌다.

제일 처음 선정한 소설은 〈소나기〉였다. 사실은 걱정을 했었다. 어르신들 연세에 아이들의 사랑을 어떻게 받아들일지, 재미 없어하시면 어쩌나 고민했다. 소년과 소녀의 가을 하늘 같은 순수한 사랑을 대하고 어르신들은 어떤 반응을 보일까?

걱정은 기우에 불과했다. 모두들 어린 시절, 사춘기로 돌아가서 그 마음이 되었다. 소년이 잠결에 부모의 대화로 소녀의 죽음을 확인하는 장면에서 훌쩍이기도 하신다. 남자 어르신은 소녀를 위해 호두를 따는 장면에서 옛날 첫사랑이 생각난다고 말씀하셨다.

"나는 왕밤 따다 주었는데……."

"하하하."

역시 마음은 늙지 않는다. 순수함이 그대로 남아 있다.

대화가 이어지는 부분에서 소년 소녀의 역할을 맡아 연극도 해본다. 얼마나 재미나는지 모른다.

"참, 알도 굵다."

"하나도 버리지 마라."

얼굴에는 주름살이 가득하지만 마음에는 아름다운 어린 시절의 맑고 깨끗함이 고대로 남아 있었다. 이렇게 소설을 감상하는 경험이 아니고서는 언제 어떻게 벌겋게 달아올랐던 사춘기의 아름답던 과거로 돌아가 볼 수 있겠는가? 행복한 추억에 빠진 어르신들은 10대의 어여쁜 모습이다.

〈요람기〉를 읽고는 자신의 어린 시절 이야기를 하나씩 적어 오라는 과제를 냈다. 여든이 넘은 어르신들이 여남은 살 혹은 십대 때 즐겨 하던 놀이를 아직도 기억하고 있었다. 그리운 친구들의 이름을 부르면서 얼마나 재미나게 놀았는지, 어떤 장난을 치고 즐겼는지를 글로 적어오셨다. 돌아가면서 한 명씩 발표를 한다.

옛날에는 검은색 치마와 노란 저고리를 입었는데, 그 차림으로 완두콩 서리를 하러 갔다가 주인한테 들켜 도망치면서 치마가 찢어지는 바람에 잡혔다는 이야기부터 쑥 캐고 오다가 칼을 던져서 꽂히는 사람이 쑥을 차지하는 쑥 따먹기 내기를 했다는 둥, 봄이 되면 개울가에 너도나도 미나리꽝을 만들었는데 그때 얼마나 즐거웠는지까지. 밤마다 처녀들은 한집에 모여서 맛있는 것도 해 먹고 노래를 부르면서 놀았단다.

이야기를 들어보면, 놀랍게도 어딜 가나 춘돌이는 꼭 있다. 어떤 춘돌이는 상금을 준다고 아이들을 모아와 자기네 밭의 풀 뽑기 대회를 열더란다. 순진한 아이들은 돈을 주겠다는 말만 믿고 열심히 남의 밭을 매었지만 헛일만 했단다. 이렇게 순진한 아이들을 골탕 먹이는 어른애가 춘돌이다. 밉지만은 않은, 우리 인생을 재미나게 해주는 양념 같은 존재다. 지금은 그런 사람도 그립다. 우리는 무척 흥겨웠고, 돌아갈 수만 있다면 그 시절로

가고 싶은 표정이었다.

연세는 잡수실 만큼 잡수신 근엄한 어르신들이 자기 어린 시절 이야기를 하고 있노라면 나이가 사라진 것만 같다. 내가 예전에 가르치던 까까머리 중학교 1학년 사춘기 아이들과 똑같다. 친밀해지고 친근해지는 순간이다.

우스갯소리로 "니는 늙어봤나? 나는 젊어봤다"는 말이 있다. 강산이 몇 번이나 바뀔 만큼 세월이 지나도 순수하고 천진한 유년기 시절의 아름다운 정서는 남아 있다. 당기면 새록새록 올라온다. 입가에 웃음이 끊이지 않는다. 가난했지만 아름다웠던 추억은 누구에게나 있는 법이다.

〈학마을 사람들〉을 읽고는 역사 공부를 한다. 어릴 때 왜 피란을 갔는지, 그 고생이 바로 여기 이 장면이구나 싶다. 자기 삶이 역사의 한 페이지임을 깨닫고 세상과 유대감을 갖게 된다.

《상록수》를 읽을 때는 여기저기 훌쩍거리는 소리가 교실을 들썩인다.

"선생님이 기어이 우리를 울리시네요."

쫓겨난 아이들이 바로 자신들이다. 금을 그어 밖으로 쫓아내는 장면에서 과거의 상처를 떠올리는 분이 많았다. 인생에서 금밖으로 쫓겨난 일이 한두 번이었을까? 딸이라서, 돈이 없어서, 못 배워서 답답하다고, 맏이라서 살림한다고……. 눈이 빨개지도록 우신다. 이렇게 격하게 슬퍼하실 줄은 몰랐다. 한 사람이 우니 다 따라 운다. 단체로 슬픈 영화를 보는 것 같다. 나는 그냥 우시게 두었다.

이렇게 공감이 무엇인지 알게 된다. 소설 속의 등장인물과 동일시됨으로써 공감능력을 기르게 된다. 소설 읽기의 가장 큰 수확은 아마도 이 부분일 것이다.

"왜들 우시는지요?"

"내 이야기 같아서……."

한바탕 울고 나면 얼굴이 맑아진다. 카타르시스가 일어난 걸까? 〈사랑방 손님과 어머니〉에서도 그렇다. 주인공과 자신의 동일시를 통해서 치유를 경험하고 성장한다. 이루어지지 못한 사랑이 안타까워서 혀를 끌끌 찬다.

"그게 뭐라고. 서로 좋아하면 됐지."

또 〈옥상의 민들레꽃〉, 〈자전거 도둑〉을 통해서 작가의 위대함을 깨닫는다. '옥상의 민들레꽃'이라는 제목에서 어렴풋이 비유나 상징의 개념을 이해한다. 이후 시를 지을 때 자연을 이용해서 나름대로 비유하는 표현을 쓰기도 한다. 민들레꽃이 인상적이었는지 그 후로 시에서 많이들 사용하신다. 그 꽃을 좋아하게 된 것 같다.

민들레 꽃 한송이

양영자

민들레 꽃 한 송이 바위틈에서
후들후들 떨면서 털모자를 쓰고
힘들게 목을 내밀었다.

털모자를 벗어 던져 버리고
목을 쭉 내밀고 활짝 웃었다.
세상이 이렇게 아름다워
편하게 앉아 다시 털모자를 썼다.

털모자는 간곳이 없고
허리는 꼬부랑 할머니가 되었다.
바위틈에서 나와 갈 곳이 없다.

어디로 갈까요? 어디로 갈까요?
어머님 품속 같은 그 곳은
어디 가면 있을까요?
아 아! 내 청춘

〈운수 좋은 날〉은 어려운 소설인데도 이제 거뜬히 읽어낸다. 단어에서 문장으로, 한 편의 글로 완벽하게 소화가 된다. 소설을 3년 정도 공부하니 독해력이 상당히 좋아졌다. 교과서만 학습하면 이런 성취를 얻을 수가 없다. 이해력과 상상력, 생각하는 힘도 그동안 얼마나 자랐을까?

독후감을 과제로 냈는데 다들 잘해오신다. 배고픈 설움만큼 큰 게 없다고, 또 엄마 잃은 개똥이가 너무 불쌍하다고. 여자의 일생이 참 안됐다고 써온 분도 있다. 어떤 분은 욕쟁이 김첨지를 원망하다가도 아내를 사랑하는 마음을 알고는 받아들인다. 인간 이해의 폭이 깊어진 것이다.

운수 좋은 날을 읽고

박달막

김 첨지의 처지가 너무너무 안타까워요. 아픈 아내를 두고 인력거를 끌고 밖에 나갔다. 돈을 벌어야 하니까요. 술을 마시는 이유도 이 괴로움을 잊어버리기 위해서다.

김 첨지도 아내에게 오라질년 하고 소리 지르는 것도 자신 감정을 어쩔 수 없어서 소리도 지르고 한다. 반 미친 사람처럼 돌변하여야 살 수 있으니까. 그리고 또 엄마도 없이 어린 개똥이도 키워야 한다.

다른 한 가지 자기가 살고 있는 집도 자기 집이 아니고 남의 셋방에서 사는 처지라 마음이 더 괴롭다. 얼마나 힘들까요? 술을 마시는 이유다.

앞으로는 술을 마시지 않고 개똥이 키우고 잘 살았으면 좋겠습니다.

한 어르신이 〈운수 좋은 날〉을 읽고 쓴 독후감이다. 김첨지의 처지가 너무 안타깝다. 셋방 사는 것과 술 마시는 게 가슴 아픈가 보다.

얼마 전에 본 영화 〈말모이〉가 떠올랐다. 일제 말기 1940년대, 일제는 민족말살정책을 폈다. 우리말과 우리글을 빼앗고 이름도 빼앗았다. 이에 일제에 대항하여 우리말과 우리글을 지키기 위해 조선어학회 학자들이 말을 모아 우리말 사전을 만드는데, 이것을 영화화한 것이다.

이 영화에서 까막눈 김판수가 처음 눈을 뜨고 읽은 소설이 〈운수 좋은 날〉이다. 김첨지가 집에 돌아와 마누라가 죽은 것을 보고 우는 장면에서, 김판수도 몸부림치며 목 놓아 운다. 이것을 본 조선어학회 대표가 묻는다. 김첨지가 불쌍해서 우느냐고. 그러자 김판수는 이렇게 답한다.

"죽은 마누라 생각도 나고 해서."

비문해자가 문해자가 되고 난 후, 거기서 그치지 않고 문학을 접하고는 세상에 눈뜨고 자신의 상처를 치료받는 장면이다. 김판수는 까막눈에서 벗어나자 '우리'의 소중함을 깨닫는다. 세상에 관심을 갖게 되고 유대감을 가진다. 그 결과 최초의 한글 사전을 탄생시키기 위해 '말모이'에 나서게 되었고, 의미 있는 일에 죽음을 무릅쓰고 참여했다. 부끄럽지 않은 아버지가 되고 싫어서이기도 했다.

김판수가 한글을 몰랐다면 한글을 사랑할 수 있었을까? 과연 한글을 지키는 일에 나섰을까? 무엇으로 이것을 깨닫고 무엇으로 내면의 성장을 이끌어낼 것인가? 글로 기록된 문학 작품만한 것이 있을까?

소설 수업을 마치고 나면 우리 학생들은 마치 산 정상을 오른 등산가의 모습이다. 자랑스러움과 뿌듯함이 얼굴에서 넘쳐난다. 무언지 모를 가슴속의 물결이 일어난다.

누군가 복지관에서 무엇을 배우느냐고 물으면 이제 자신 있게 답한다. 소설을 배운다고, 문학 공부한다고. 이것도 어르신들에게는 정말 중요한 문제다. 늘 대답이 궁했는데 어떤 질문을 해도 이제 겁나지 않는다.

"그 사람들도 오고 싶어 하면 어쩌지?"

이번에는 이게 걱정이다. 그러면 나는 이렇게 대답하라고 가르쳐드린다.

"기초가 부족한 사람은 안 된다고 대답하세요."

다들 박장대소를 한다. 행복한 웃음이다.

어르신 자신에 대한 평가도 달라진다. 이제 소설도 읽는데 누가 감히 나를 무시하겠는가? 이제 나는 소설도 읽을 수 있다. 세상 사람들을 다 만난다. 책 속에서 말이다. 그러니 이제 그 누구도 무섭지 않다. 성인 문해 교육의 또 다른 효과다.

교과서 밖 수업은 항상 큰 결실을 낳는다. 특히 소설 읽기는 효과가 엄청나다. 그래서 다음에는 중급반 어르신들에게도 소설 수업을 할 계획이다. 얼마나 좋아하실까?

우리도 문학 기행 가요

이제 소설이 무엇인지 얼마나 좋은지를 알게 되면 세상과도 소통하게 된다. 눈이 넓게 열린다. 사물들이, 세상의 것들이 자신과 대화하고 의미가 된다. 소설을 쓴 사람에게도 관심이 간다. 드라마나 영화도 더불어 알게 된다.

이때쯤 복지관에서는 문학 기행을 간다. 문학 여행을 가는 것이다. 단풍놀이나 꽃놀이처럼 계 모임에서만 놀러 갔던 분들이 수첩과 필기구를 들고 사진을 찍으며 멋진 여행을 다닌다. 세상에 태어나 이런 나들이는 처음이다. 하동도 가고, 통영도 간다. 사천도 다녀왔다. 다솔사도 가고 쌍계사도 간다. 박경리도 만나고, 김동리도 만나고, 유치환도 알게 된다.

우리는 떠나기 전 만반의 준비를 한다. 어르신들에게 풍부한 배경지식을 갖게 한다. 부지런한 복지사 선생님의 도움으로 소설가, 시인, 소설, 시를 접해보고 배운 다음 문학 기행을 떠난다. 〈등신불〉을 영상으로 미리 감상하고, 김동리가 〈등신불〉을

집필했던 다솔사로 간다. 그러니 얼마나 설레고 가슴 두근거리겠는가?

문학 기행 중에는 해설사의 설명을 빠짐없이 듣는다. 필기도 꼼꼼히 한다. 누가 이런 여행을 시켜주겠느냐고 새삼 고마워하신다. 뿌듯하고 자랑스러워하신다. 토지, 길상이, 서희, 최참판 댁, 용이, 봉순이 등 흘러갔던 옛날 말이 살아서 지금 자신에게 오는 짜릿한 경험도 하게 된다.

"세상에, 선생님이 한 말을 저 사람이 고대로 하네. 한 번 듣고 오니 참 잘 들리네."

문학소녀가 되어 재잘거리신다. 박경리 동상 앞에서 사진을 찍고, 멀리 바라보이는 서희와 길상 나무도 눈에 넣는다. 그러고는 그 감동을 글로 남긴다. 행복해하는 사람을 옆에서 보는 사람은 더욱 행복하다.

박경리 문학관을 다녀와서

최곡지

아침 8시 27분 복지관 뒷골목 큰길가에 가니 복지관을 담당하시는 선생님과 우리 선생님이 함께 기다리고 계셨다. 선생님께 인사를 하고 우리들은 차를 타고 출발했다.

선생님들께서 우리들을 위해 다과와 간식을 준비해서 비닐봉지에 넣어 이름표와 함께 나누어주셔서 감사히 잘 먹었다.

함안 휴게소에 한 번 쉬고는 쌍계사로 갔다. 절에서 기도하고 내려와서 식당에서 비빔밥을 맛있게 먹었다.

우리는 소설가 박경리 문학관을 구경했다. 처음 가본 곳이라 그런지 내 마음이 설레었다.

안내하신 선생님의 설명을 듣고 난 생각했다. 박경리 소설가가 한평생 걸어온 슬픔 많고 괴로움의 시절을 글 기둥 하나 잡고 이겨낸 세월이 고스란히 담겨 있어 내 마음이 더 서글퍼졌다.

난 또 생각했다. 뼈로 갈아 쓴 이 글이 섬진강 굽이굽이 흘러가는 물에 안 좋은 일들을 빨래처럼 깨끗이 씻어버리고 글이 만들어준 이름 석 자로 인해 온 국민이 찾아주는 이곳이 더욱 빛이 나길 소망해본다.

4장

인생길이 꽃길이다

"만약 내가 쪼개지는 가슴을 구했다면 헛된 삶을 산 것은 아니다.
만약 내가 아픈 삶을 위로했다면, 혹은 고통을 가라앉혔거나
쓰러져가는 작은 새 한 마리를 도와 둥지에 넣어주었더라면
헛된 삶을 산 것은 아니다."
― 에밀리 디킨슨

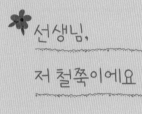

선생님,

저 철쭉이에요

장모 이름

최곡지

설이라고 딸, 사위, 손자가
세배하러 왔네
딸, 사위는 교수고 장모는 글을 몰라

글 배우러 다니는 가방을
장롱 속에 꼭꼭 숨겨 놓았는데
손자가 꺼내와
아빠에게 그림 그려 달라고 하니

삐뚤삐뚤 쓴 장모 이름
들통이 났네
울긋불긋 장모 얼굴
쥐구멍에라도 들어가고 싶었다네

내 이름은 말필이

어르신들의 이름은 하나같이 촌스럽다. 대부분이 여성인 우리 한글반 학생들의 이름은 더더욱 그렇다. 한국 여성들의 이름 석 자를 보면, 그 사람의 연령대나 신분 등 많은 부분을 짐작할 수 있다고 해도 과언이 아니다. 남아선호의 적나라한 증거가 그대로 드러나는 것이 이름이다. 아들이 태어나면 항렬에 맞추어서, 아니면 원대한 부모의 꿈을 담아서 이름을 지었다. 딸이 태어나면 이름 짓는 데 성의가 없다. 그냥 대충 지었다. 태어난 해의 이름을 따서 갑자년에 태어났다고 갑순이나 갑년이, 을묘년에 태어났다고 묘년이나 을순이.

이런 이름은 그나마 나은 축에 든다. 어떤 부모는 아들을 바라는 마음을 딸의 이름에 붙인다. 후남이, 남숙이, 정남이, 성자, 성남, 득자, 남자…….

한글반 어르신들 이름 중에 달막, 곡지, 말분, 말필, 말란, 말자, 막례, 막동이라는 이름이 여럿 있다. 다 딸 그만 낳았으면 하는 바람이 들어 있다. 어떤 분은 일곱째 딸인데 '말필', 여덟째 동생은 '말분', 그다음 아홉째 남동생은 항렬을 딴 멋진 이름이라 한다. '딸막'이가 한자음인 '달막'으로, '꼭지'가 한자 '곡지'로, '끝순'이가 '말필', '말자', '말란', '말분', '말숙'으로 호적에 올라있는 것이다.

처음에는 자기 이름이 그런 뜻인 줄 몰랐다. 집에서 부르던 이름과 다르게 주민등록증에 올라가 있으니 무슨 멋진 말인 줄 알았단다. 마치 화인처럼 붙여진 이름, 가슴에 새겨진 주홍 글씨와 뭐가 다를까? 처음 만나 이름을 소개하는 순간 자신의 존재가 무가치함을 알려주는 것이다. 그러니 무슨 인간관계가 제대로 되겠는가? 수치심으로 시작하는데.

이름은 그 사람이 입은 옷이라고 한다. 옷이 그 사람의 전부는 아니지만, 사람을 돋보이게도 하고 초라하게 하기도 한다. 첫인상과 이미지를 결정한다. 곱고 성의 있게 지은 이름을 가진 사람은, 자신이 부모에게 귀하고 사랑스러운 존재라는 것을 그대로 보여준다. 이름은 신분증명서와 같다.

내 이름도 한 많은 여자의 이름에서 자유롭지 못하다. 친구들의 이름은 '숙, 희, 순, 미, 선, 경' 등이 주를 이루는데 생뚱맞게 재명(在明)이다. 직접적이고 노골적이지는 않지만, 아들이기를 바라는 부모의 마음이 들어 있는 이름이다. 남자에게나 붙여주는 글자들이다. 직장 이동이나 선발 등 사람보다 이름이 먼저 가는 경우, 실제로 남자로 오인받아 일어나는 해프닝도 참 많았다.

요즘 젊은 사람들은 자녀의 이름을 지을 때 뜻은 자기들이 바라는 인간상으로 하고, 발음은 세계화 시대에 맞추어 외국인도 쉽게 발음할 수 있는 것으로 한다. 가능한 한 어려운 받침은

빼고 모음도 간단하게. 그리고 중성적인 이름을 택한다. 아들딸에게 두루 쓰는 것으로.

오늘날은 내 이름이 여자 이름으로 그리 낯설지는 않다. 하지만 어릴 때는 부끄러웠다. 그래서 좀 더 일반적인 이름이기를 바라는 마음이 아직도 있다. 이름이 자랑스럽지는 않다.

모두 다 꽃이야

어르신들은 주홍 글씨처럼 가슴에 새겨진 천한 이름을 누가 알까 봐 부끄럽다. 천대하며 키웠으면 되었지 구태여 이름까지 그렇게 지었어야만 했을까?

앞의 시 〈장모 이름〉을 쓴 어르신의 시 노트에 보니, 친구의 이야기를 듣고 쓴 거라 부연 설명이 되어 있다. 친구가 자기 이름을 사위가 알게 될까 봐 전전긍긍했다는 이야기를 듣고 가슴이 아파 시로 썼다고 한다. 친구분의 사위는 장모님의 이름을 이미 알고 있지 않았을까?

어떤 분은 개명이 비교적 자유롭게 되자 이름을 바꾸려고 시도했다. 그런데 자녀들이 반대했단다.

"엄마 이름 너무 좋아요. 순박하고 정겨워요."

"너희가 아니? 이 아픔을?"

정체성 회복을 위해 학교에서 이분들의 이름을 바꾸어드리면 어떨까? 법적으로 안 되면 별명으로라도. 출석부에 올릴 때만이라도.

매년 첫 시간에 자신이 좋아하는 꽃 이름 쓰기를 한다. 그 꽃으로 이름을 대신하자며 상대방의 이름을 외우듯 꽃 이름을 부른다. 우리는 이렇게 스스로를 치유하고 있다. 나는 이제 더 이상 부모를 원망하지 말자고 한다.

"딸이라고 차별해서 공부 안 시키고 일만 시킨, 이름도 아무렇게나 성의 없이 붙인 내 부모를 더 이상 욕하지 맙시다. 내가 나 자신을 사랑합시다. 우리가 우리 스스로를 지켜요."

모두 다 꽃이야

산에 피어도 꽃이고 / 들에 피어도 꽃이고
길가에 피어도 꽃이고 / 모두 다 꽃이야

아무 데나 피어도 / 생긴 대로 피어도
이름 없이 피어도 / 모두 다 꽃이야

봄에 피어도 꽃이고 / 여름에 피어도 꽃이고
몰래 피어도 꽃이고 / 모두 다 꽃이야

앙증맞은 유치원 아이들을 위한 국악 동요다. 나는 이 노래를 우리 한글반 주제가로 삼기로 했다. 그래서 교과서 표지 안쪽 면에 가사를 적어놓고는 수업을 시작할 때마다 부른다. 그러면 못생겨도, 이름이 없어도, 늙어도 우린 모두 꽃이 된다. 빨간색 볼펜으로 시에다 각자 쓴다.

"나도 꽃이다."

"그대는 꽃."

착한 우리 학생들은 편지를 보낼 때도, 전화를 할 때도 이렇게 말한다.

"선생님, 저 철쭉입니다."

"선생님, 저 진달래예요."

"선생님, 저 수선화입니다."

어디서나 향기로운 꽃으로 피어난다.

꽃   임춘자

늘 아름다운 생각을 하지만
글을 모른다면 적을 수 없다.

꽃을 보면 참 아름답다.
꽃의 아름다움을 글로 표현하고 싶다.

꽃처름 아름다운 시를 쓰 보고 싶다

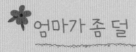

엄마가 좀 덜
무섭데요

김세장 씩

김맹례

스물둘에 결혼하고 보니
군인 월급 3500원
지지리 가난했다.
그래서
애기 아빠가 월남에 갔다.

나는 한글을 몰라
편지를 못 썼다.
편지 대신 김세장씩을
편지 봉투에 넣어 월남에 보냈다.

내 나이 팔십 줄에
한글을 배운다.

이제 남편에게
김세장 대신
편지도 쓸 수 있는데...

편지 봉투 안에 김 세 장씩

글자를 몰라서 군에 간 남편에게 편지 한 장 못했다고, 그래서 슬펐다고 하는 사연을 많이 접한다. 그런데 이 시의 글쓴이는 편지를 보내긴 보냈다고 하신다. 봉투 안에 편지지 대신 김을 넣어서.

부모가 시키는 대로 스물둘에 군인에게 시집을 갔다. 가난하여 남편은 월남에 갔단다. 편지를 보내야 할 텐데 글을 모르니, 생각다 못해 김을 석 장씩 넣어서 부쳤다. 어르신에게 물어보았다.

"왜 하필이면 김인가요? 차라리 그림이라도 그려 보내시지?"

그랬더니 정말로 생각도 못 한 대답이 돌아왔다.

"김은 밥을 싸 먹을 수 있으니."

머나먼 타국, 뜨거운 전쟁터에 있는 남편에게 아내는 편지 봉투 속에 사연 대신 김을 보냈다. 날마다 하루도 빠짐없이 보냈다. 김으로 밥을 싸 먹을 수도 있으니 그냥 빈 종이를 보내는 것보다 훨씬 유용하다. 참 지혜로운 분이다. 어쩜 그리 기발한 생각을 하셨을까?

"그럼, 왜 하필 석 장씩을? 한꺼번에 좀 많이 보내시면 되죠."

"넉 장을 넣어봤더니 무게 때문에 요금이 많이 나와서."

아, 김 석 장 무게가 딱 일반편지의 무게와 똑같은가 보다.

"글자를 모르는데 주소는 어떻게 쓰셨어요?"

"우체국 직원한테 써달라고 했습니더."

한글 주소가 아니라서 부탁하기가 좀 더 편했을지도 모르겠다. 어르신은 나에게 둘둘 말은 긴 김밥을 손에 들고 서 있는, 낡고 빛바랜 남편의 흑백사진을 보여주었다. 남편분은 아내가 날마다 보내준 김 석 장, 그 사랑으로 무덥고도 무서운 전쟁터 월남에서 살아 돌아올 수 있었구나. 이 멋진 시는 전국 성인문해교육 시화전에서 우수작으로 뽑혔다.

"선생으로서 기쁘고 자랑스러워요. 고맙습니다, 어르신."

그랬더니 말씀하신다. 집에 친정엄마의 영정 사진이 있는데, 지금까지 너무 무서워서 제대로 보지 못했다고. 그런데 어제는 사진에다 대고 화풀이를 했단다. "당신이 안 가르쳐줘도 나 이렇게 글도 배우고 상도 받았소."라고 퍼부었단다. 그러고는 살포시 웃으며 나에게 말한다.

"실컷 퍼붓고 났더니 사진 속의 엄마가 덜 무섭데요."

글에는 치유의 힘이 있다니

매년 국가평생교육진흥원에서 주최하는 전국 성인문해교육

시화전는 참 많은 의미가 있다. 이 행사로 학생들이 시 짓는 법을 배우고 문학이라는 새로운 세상을 접하게 된다. 또 자신을 돌아보게 되고, 문해 교육의 성과를 확인할 기회도 된다.

무엇보다 상을 받은 어르신들이 얻는 자신감은 굉장하다. 학습동기 유발은 물론이고 심리적 효과도 엄청나게 크다. 〈김 세 장씩〉을 쓴 어르신도 큰상을 받고는 자신에 대한 평가가 달라졌다. 자기 이미지가 긍정적으로 바뀐 것이다.

상과 관계없이, 지금까지 불행하고 어두운 과거를 숨겨놓았다가 햇빛 속으로 내놓는 것 자체만으로도 의미가 있다. 글로 표현함으로써 그 아픔이 희석된다. 자신의 과거가 더 이상 부끄럽고 슬프지 않다. 그래서 평소 표현하지 못한 화를 표현할 수 있었다. 그러자 자연히 부모에 대한 원망과 분노가 사그라지게 되었다. 증오심으로 사진조차 바로 보기 힘들도록 무서웠던 어머니가 치유와 회복을 경험하고 나니 덜 무서웠던 것이다.

20년도 훨씬 지난 이야기지만 아버지 장례식 때의 일이 생각난다. 상여를 메는 등 유족들의 복장까지도 오늘날 장례식과는 판이한 전통식으로 치렀다. 아버지가 돌아가신 후 장례를 치를 때까지, 아니 장례를 치르고 난 뒤에 집에 와서도 끊임없이 무슨 제, 무슨 제, 심지어 길에서 하는 노제까지 시도 때도 없이 제사를 올렸다. 놀라운 것은 그때마다 제문을 지어서 읽는 것이었다. 아들, 며느리, 사위, 딸, 형제, 심지어 학교도 안 간 어린 손주들, 이웃 사람과 친지들이 글을 써서 고인에게 고한다.

지금 생각하니 유족에게 사별의 황망함이나 고인의 생전의 뜻을 생각하는 글을 쓰고 또 낭독하게 하는 것은, 애도의 기회와 위로를 주는 장치였다. 이 과정을 통해 슬픔을 받아들이고 아픔을 삭일 수 있었던 것이다. 글이 주는 치료의 힘이다.

많은 어르신들, 주로 초급반 분들이 아직도 부모에 대한 원망과 한을 내려놓지 못하고 괴로워한다. 심지어 하도 자신에게 모질게 굴어서 돌아가실 때까지 계모인 줄 알았다는 분도 있다. 머슴을 서너 명이나 둔 부잣집인데도, 딸이라고 학교 근처에도 안 보낸 부모가 너무 밉고 용서가 안 된다는 분이 있다. 부모님이 돌아가셔서 욕도 못 하고 한스럽다 하신다.

나는 수업 시간에 어르신들에게 말씀드린다.

"빨리 글자 배우셔서 그분들에게 편지를 씁시다. 글로 쓰면 한이 풀려요."

글에는 치유의 힘이 있다. 압박과 박해, 차별로 아픈 자신의 과거를 시대와 역사 앞에 당당히 글로 드러낼 때 치유와 회복이 찾아온다.

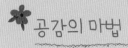

공감의 마법

나의 인생

장옥선

성인 문해 교육 너무 즐겁습니다
좋은 선생님 만나서 너무 즐겁습니다

지금 와서 내 인생 팔십 중반 넘어
다가오지 않은 내일 두려워하는 대신
오늘을 열심히 살겠습니다

내게 시간을 더 준다면
덜 미워하고 사랑하겠습니다
눈물을 흘리지 않고 대신 웃겠습니다

어르신들이 쓴 시나 수필, 일기 등 문학 작품에는 장시간의 숙고와 고민이 담겨 있다. 글쓰기는 비문해자가 문해와 관련된 생각과 감정, 정서를 정리할 기회가 된다. 자신과 세상에 대한 인식을 확대하고 표현하기도 한다.

나는 자주 어르신들에게 문학 작품을 쓰길 강조한다. 날마다 일기를 쓰게 하고, 자주 편지도 쓰게 한다. 행사 때마다 짧게나마 소감문을 쓰는 시간을 갖는다. 최근에는 자서전 쓰기 작업을 하고 있다. 인생을 몇 부분으로 나누어서 정리하는 글쓰기를 한다. 이런 글쓰기 경험은 자기 성장을 확인할 수 있고, 문해 실력도 기르고, 자신의 의식이 살아 있음을 깨닫게 한다.

학생들의 글은 글자를 몰랐다가 깨우침으로써 일어나는 삶의 변화, 성장과 회복을 보여주는 중요한 자료가 되고 또 추측의 근거가 된다. 이른바 어르신들의 글은 생활이며 몸이다. 글을 통해서 우리는 어르신들의 숨김없는 생활과 마음과 생각을 파악할 수 있다.

나의 제자들은 대개 3년 이상, 길게는 5년 동안 함께해온 분들이라, 그간 쓴 글을 통해 각 개인의 변화와 성장의 과정을 한눈에 확연히 볼 수 있다. 중급반과 고급반 학생들은 매년 한 편씩 시를 쓴다. 어르신들의 시는 무척이나 솔직하다. 결코 감추거나 꾸미지 않는다. 삶에 대한 깊은 통찰도 들어 있다. 표현하지 못하고 묵혀두었던 지혜와 인생의 깊이가 평생 동안 농축되어 한꺼번에 쏟아져 나와서일까? 읽는 이의 마음을 마구 흔들어놓는다. 어르신들의 시를 대할 때마다 놀라고 또 놀란다.

섬진강 시인 김용택은 전국 성인문해교육 시화전 우수작 100편을 엮어 《엄마의 꽃시》(2018)라는 시집을 냈는데, 이 책에서 이렇게 말했다.

"글 쓴답시고 난 건방 떨었구나. 나는 너무 같잖은 소리를 하고 있구나. 글을 쓰려면 멀었다는 생각으로 잠을 못 이루고 뒤척이곤 했다."

또 시인은 말한다.

"시란 이런 것이구나."

이렇듯 김용택 시인조차도 부끄럽게 만들고 감탄하게 하는 글이 바로 노인 학생들의 시다.

서로가 치료자

어르신들은 쓴 시에다가 곱게 자신이 직접 그림을 그려서 시화를 만든다. 나는 컴퓨터 작업을 거쳐 시만 따로 인쇄한다. 그러고는 제자들이 쓴 60여 편의 시를 엮어 만든 공동시집으로 수업을 진행한다. 두 시간 중 한 시간을 할애해서 대략 한 달 동안 읽고 감상하고 나누는 시간을 갖는다. 이 과정에서 공감을 받고 치유가 일어난다. 나는 이 작업을 '한풀이 굿'이라고 명명했다. 울고 웃고 박수치면서 자기 설움을 한없이 풀어내는 굿판을 벌이기 때문이다. 마술처럼 아픔과 슬픔이 녹아내리기에 '마술쇼'라고 부르기도 한다.

공동시집을 읽고 난 소감문

최곡지

하얀 백지에 우리 모두
움츠리고 떨리는 마음으로
또박또박 정성껏 적은 글
이 세상에 하나밖에 없는 글, 본인이 쓴 글

이름도 가지가지
살아온 환경도 가지가지
그러나 모두 다 글을 모르니
하고 싶은 말, 쓰고 싶은 글
가슴에 묻어두고 애만 타고 살아온
나이 많은 학생들의 글

그 글 속에 선생님 말씀 잘 들었다고,
잘 배웠다고
감사한 마음 빼곡히 찼네

집에 있으면 아무도 불러주지 않을 내 이름

복지관 학교 오니 선생님께서

우리 이름 하나하나 불러주시네

선생님 목소리에 학생들 이름 모두 빛나고

그 글들도 모두 빛나네

발바닥 같은 눈 뜨게 해 주시고

손바닥 같은 눈 보게 해 주시고

선생님, 감사합니다

두고두고 잊지 못할 우리 선생님 정말 감사합니다

공동시집으로 수업을 끝낸 후 어느 분이 써온 글이다. 60여 편의 시를 한 편 한 편 다 베껴 적으셨단다. 나중에 알고 보니 많은 분이 이렇게 베껴 적었다고 한다. 글과 시를 이제 참 좋아 하신다. 그러고도 이분은 떠오르는 감동을 주체할 수 없어 시로 표현한 것이다. 참 놀랍고도 고맙다. 감수성이 예민한 분이라 이런 기쁨을 주신다.

"어르신, 왜 발바닥 같은 눈이고 손바닥 같은 눈인가요?"
"발바닥, 손바닥은 안 보이잖아요. 우리들 눈처럼."

비문해자로 살아온 경험, 고통스러웠던 과거를 서로 나눈다 는 것은 참으로 큰 용기가 필요하다. 자존심이 강하고 열등감이 많은 사람은 몇 년을 함께해도 끝까지 자기 노출을 하지 못한 다. 오히려 자신에 대한 적대감으로 타인을 공격하는 모습도 종 종 본다.

그러나 대부분 학생은 시간이 갈수록 허물어진다. 자신의 고 통을 나누면서 치유되고 회복되는 즐거움을 누린다. 서로 비슷 한 사정과 아픔이 있기에 마음을 터놓고 이야기 나눌 수 있다. 자신만 못 배웠다는 생각에 외롭고 수치심에 시달렸던 분들이, 같은 처지에 있는 사람이 많다는 사실을 확인하고 그들과 경험을 나누면서 편안함과 안도감을 느끼고 자신감을 갖게 된다. 학생으로서는 이런 구성원을 만나 함께하는 것만으로도 큰 복이다. 서로 얼마나 소중한 존재인지 모른다. 서로가 상대방의 치료자인 것이다.

이런 굿판을 한 번씩 벌이고 나면 학생과 교사 할 것 없이 모두 속이 시원해진다. 너 나 없이 친해지고, 격이 없어지고, 하나가 되며, 몸도 마음도 가벼워진다. 덤으로 시 쓰는 법도 익히게된다. 실력도 늘고 마음도 치유된다. 이것이 한글 수업의 묘미다.

추 억

허향선

어린 시절 친구들과 같이
콩밭을 매었다.

목화밭 매면서
열매를 많이 따 먹어서
엄마에게 야단을 맞았서

산에 소 먹이러 가서
선머슴 같은 아이들과
노래도 같이 부르고
술래잡기도 하고
장난도 치며
재미있게 놀았다.

지금 생각하면
그 시절이 너무 그립다.

자신이 직접 자기 작품을 읽는다. 마이크를 사용하는데 더러 부끄러워서, 감정이 올라와서 읽지 못하는 경우도 있다. 그럴 때면 한참 기다렸다가 감정이 추슬러지면 그때 읽게 한다. 그러 고는 전 학생이 함께 읽는 과정을 거친다. 표현법에 대한 안내 나 감상 정도를 교사가 잠시 설명한다. 이후에는 자유로운 대화 가 오간다. 집단 상담이 이루어지는 것이다. 모두가 내담자이고 모두가 상담자이다. 어떨 때는 주인공과 관객의 경계가 없는 사 이코드라마가 펼쳐지기도 한다.

이 시를 읽고 나자 왁자지껄해졌다. 모두가 다 해본 경험이 니까. 어디 가서 이런 이야기를 해보겠나? 잊었던 슬픈 유년기 를 함께 나누면 외로움과 슬픔이 즐거움이 되기도 한다.

"왜 엄마에게 야단을 맞았을까요?"

"목화 열매 따 먹어서."

"목화 열매 이름이 뭐죠?"

"다래."

이러면 모두가 하나가 된다. 따로 설명이 필요 없다. 다 같이 경험한 거라서. 솜을 만들어야 하는데, 목화를 만들어서 팔아야 하는데, 먹을 게 없던 그 시절에 아이들은 목화 열매를 몰래 따 먹었다. 참 달콤하고 시원했다. 익기도 전에 다 따 먹어버리니

당연히 부모가 야단을 친다. 익으면 맛이 없으니 덜 익었을 때 먹는 거다. 그 시절에는 너무 가난해서 목으로 넘기면 되는 것은 다 먹었다. 심지어 보리깜부기도 먹었다.

"우리는 딩기라고 했는데, 벼 껍데기도 먹었다. 그죠?"

"선생님, 그거 벼가 아니고 보리 껍데기입니다."

"아, 그렇군요."

"우리는 소나무 껍질도 벗겨서 먹었는데요."

"쑥 뿌리 캐다가 보릿가루에 묻혀서 먹기도 했습니다."

부끄러워서 친구들한테는 말 못 했던 가난한 시절 이야기가 여기서는 자랑이 된다. 어둠 속에 있던 것들이 밝음 속으로 나오면서 회복이 일어난다.

이 순간 우리는 하나가 된다. 공동체적 유대관계를 형성하게 되는 것이다. 복지관에 한글을 배우러 왔지만, 이 과정을 통해 우리는 하나가 되고 관계가 회복되는 경험도 하게 된다. 갑자기 서로가 친해진다. 높은 산을 함께 넘었던 동창들과의 끈끈한 유대감, 어려움을 함께 극복한 동지애가 어르신들을 행복하게 한다. 치열한 전쟁터를 함께 걸으며 손잡고 누비었던, 거기서 싹튼 우애와 사랑이 어르신들의 노후를 따뜻하게 지켜줄 것이다.

옛날 생각

김옥수

비　오는 날
소　며이러 갔다.

소낙비가 내려
바람은 불고
너무 추웠다.

소 야
나 는 왜 이래
너 하고 같이 있어야 하니

내 가　바 람 이 냐
내 가　구 름 이 냐
내 가　강 물 이 냐

"소 먹이기 참 힘들었죠?"

"맞아요. 소가 얼마나 무서운데. 그거 때문에 학교에도 못 가고."

"꼬리에 맞으면 진짜 아픈데."

그러면 나는 말한다.

"저는 소 먹이러 가서 저수지에서 멱을 감았는데, 수문에 빨려 들어가 죽다 살아났어요."

"큰일 날 뻔했네. 우리가 선생님 만날 복이 있으이 선생님이 살았네."

"맞아요. 그런가 봅니다!"

이런 이야기를 나누면 설움도 사라진다. 불행했던 유년기가 아름다운 추억으로 변형된다.

"선생님, 연세가 도대체 얼마나 됩니꺼?"

궁금해서 못 견디겠는지 어느 학생이 묻는다.

"젊어 보이는데 우째 모르는 게 없습니꺼? 우리하고 똑같네예."

"어르신들 만날 줄 알고 제가 미리 특별한 경험을 다 해놓았어요. 가마니도 짜보고, 디딜방아 찧어서 메주도 만들고."

"아이구! 얄궂다. 우리 선생님이 그런 것도 다 아시네. 시상에 고맙구로!"

마음의 주름살이 펴지는 기적

농촌에서 자란 내 경험은 크게 유용하게 쓰인다. 내 어린 시절의 체험이 이렇게도 사용된다. 내가 어르신들과 적극적인 상호작용이 가능하고 공감과 이해가 가능한 것은, 초등학교 시절 시골에서 자랐던 경험의 힘이다. 대부분 농사지으며 자란 분들이기에 학생 입장에서 교사가 비슷한 경험을 했다는 것은 크게 위로가 된다. 그래서 고맙다고 말씀하신다.

농촌에서 초등학교 5학년까지 농사일을 도우면서 자란 경험, 가부장적 대가족 구조 속에서 딸로 자란 경험, 그리고 가난한 가정 형편은 어르신들의 삶을 이해하고 공감하는 데 필요충분조건이 되었다.

"좋은 환경이 나쁜 환경이고, 나쁜 환경이 좋은 환경이다"라는 말이 있다. 어릴 때 좋은 환경에서 자란 것이 어른이 되어서 불행해지는 원인이 될 수도 있고, 어린 시절 불행한 환경에서 자란 경험이 오히려 행복한 어른이 될 수도 있게 한다는 뜻이다. 어떻게 보면 힘들었던 내 어린 시절이 오늘날 이렇게 빛을 발하고 있다. 어르신들과 나누면서 유년기의 회색빛 어둠이 무지갯빛으로 변했다. 마음의 주름살이 펴지고 자존감이 회복되는 기적이 일어났다.

나의 제자들도 마찬가지다. 가난하고 힘들었던 어린 시절이라는, 닫아두고 아무에게도 열지 않았던 문을 이제야 연다. 성차별로 얼룩진 과거가 이해받으며 빛 속으로 걸어 나올 때 아픈 기억이 퇴색되고 새로운 색깔을 입는다. 교사와 학생이 함께 성장하고 회복되는 놀라운 순간이다. 기적은 이렇게 찾아든다.

인생

강옥순

나는 18세에 시집 갔다.
홀로 계신 시할아버지
홀로 계시는 시아버님
어린 시동생 시수이
남편은 장남
시아버지는 눈이 보여지 않는다.

그런데
남편은 나를 두고
군대에 갔다.

남편 없이
아들을 낳았다.

너무 고생을 했다
몸무게가 38키로

농사일도 하는 나는
참 힘들게 살았다.

224

지난날의 고통이 떠오르는지 한사코 낭독을 거절하신다. 먼저 울기부터 하신다. 우리는 끝까지 기다린다. 잊고 싶은 슬픈 인생을 자기 말로 다시 하자니 고통이 엄습해 와서 두려움에 입을 못 떼고 있는 것이다. 눈치 빠른 우리 학생들은 그 마음을 미리 알고 묵묵히 기다린다. 그러다가 아예 그 슬픔이 전달되어 같이 운다. 그러면 이 글을 쓴 주인공은 이미 이해받아서 힘을 얻고 마침내 마이크를 잡게 된다.

굿판에서 환자가 치료되는 이유는 공감받기 때문이다. 무당이 죽은 자, 이별한 자의 말을 대신해주고 그 말에 환자가 반응하고 다시 환자의 마음을 무당이 대신해서 말함으로써 공감받게 되고, 이렇게 주고받다가 화병이 치료된다.

상상하기도 힘든 가정사다. 나이 어린 새신부가 시집을 갔더니 시어머니도 시할머니도 없다. 살림할 여자는 아무도 없고, 눈이 먼 시아버지가 계신다. 게다가 유일한 의지처인 어린 남편은 아내를 혼자 두고 군대에 갔다. 농촌에 시집을 갔는데 농사일도 못 했단다. 구박은 또 얼마나 받았을까? 38kg의 몸으로 혼자서 아들을 낳았다.

겨우 자신의 시를 다 읽어내신다. 같이 울고, 옆 사람이 말없이 손수건을 건네고, 같이 한숨을 쉬는 것도 공감이다. 심리학자 마셜 로젠버그는 "공감이란 다른 사람이 경험하고 있는 것을 존중하는 마음으로 이해하는 것"이라고 말한다. 황당하고 절망적이고 버거웠던 날들, 그 순간에 젊은 새댁이 당면했을 아픔에 그저 함께하는 것만으로도 현존(現存)으로 공감되고 치료가 일어난다. 아무도 말을 하지 않는다. 참담함 앞에 무슨 말을 하겠는가? 한참이 지났다.

"어르신, 괜찮으세요?"

"이런 말 여기서 처음 해보니."

그러고 나면 학생들이 위로의 말을 꺼낸다. 얼마나 고생을 했는지, 남편은 군에서 잘 돌아왔는지, 자식은 몇이나 두었는지, 농사도 못 짓는데 무얼 해서 먹고살았는지. 심리학자 칼 로저스는 "내 말에 진지하게 귀 기울여 들어줄 때는 정말 기분이 좋다"고 했다. 기분이 좋아진 어르신은 가벼운 마음으로 편안하게 친구분들과 대화를 나눈다.

수업을 마치고 나면 쉬는 시간에 자기 이야기를 풀어놓는다고 교실이 시끌벅적하다. 몇 살에 시집을 갔고, 시집살이는 어떠했고, 자랄 때 어떤 구박을 받았고, 시집가서는 어쨌고.

"그래도 아지매는 이름이 참 좋네요. 내 이름은 창피해서 소개도 잘 못 하는데."

이런 대화도 들린다. 가난한 까막눈, 남존여비 시대의 여자로서 삼중고를 다 겪고도 불굴의 투지로 이겨내고, 지금 여기 곱게 자리를 지키고 앉아 있는 나의 제자들. 혹독한 겨울에도 푸른 잎을 떨구지 않고 간직한, 그래서 여름에 무성한 순백의 꽃을 피우는 인동초(忍冬草) 같은 우리 한글반 학생들. 자포자기하고 아무렇게나 살 수도 있는 노후를 아름답게 가꾸어가는 우리 학생들이 어찌 사랑스럽지 않겠는가. 얼마나 인내심이 강하고 강인하며 훌륭한 분들이신지. 이렇게 강한 인동초와도 같은 DNA가 우리에게도 있을까? 우리에게도 인고(忍苦)의 꽃을 피울 날이 올까?

못 배운 한

이순화

옛날 가난한 시골집에서 태어나

초등학교 일학년 다니다가

육성회비를 못 내 쫓겨 나왔다

내가 태어날 때

막 전쟁이 끝날 무렵

가난한 시골집 보릿고개 시절

먹을 게 없었다

봄에 보리 두 되

가을에 벼 두 되

갚을 길 없으니

학교는 근처도 못 갔다

배고픈 것은 괜찮은데

못 배운 것은 살아갈수록 한이 됐다

슬픈 역사의 희생자들

슬픈 역사다. 돈이 없어 육성회비를 못 냈다고 학교에서 쫓겨났다. 1971년에 초등학교 의무교육이 완성되었으니, 그전에 태어난 분들은 가난하다는 이유로 공부를 못 하는 한을 갖게 되었다.

나라는 전쟁을 치렀으니 얼마나 혼란스럽고 궁핍했을까? 봄에 춘궁기, 보릿고개 때 보리 두 되를 빌렸는데 가을에는 이자가 붙어서 벼 두 되로 갚아야 했단다. 지금이야 보리가 쌀보다 더 비싼 시대지만 옛날에는 쌀이 금보다 귀했다. 입에 풀칠도 못 했으니 자식을, 그것도 딸을 무슨 돈으로 학교를 보냈겠는가? 남 따라 입학은 시켰는데 돈이 없어 중도에 학업을 포기시키고 말았다.

지금은 당연히 국가가 국민이 사회생활을 제대로 할 수 있도록 책임진다. 교육도 하고 복지도 제공한다. 시대를 잘못 만난 슬픔에 얼마나 속이 쓰렸을까? 지금은 고등학교도 의무교육이고 점심도 무료로 주니 말이다. 격세지감을 느낀다.

찢어진 고무신과 구두

최기화

2학년 9살 너무 어린 나
7남매 중 셋째 너무 가난한 나는
아이들과 어울리지 못했다.
외톨이였다.

찢어진 고무신 신고
월사금 못내 두 손 들고
골마루에서 벌서던
어린 시절의 나
창피했다.

60년이 지난 지금
예쁜 가방을 메고 예쁜 구두 신고
반가운 친구들과 공부한다.

이제는
외롭지 않다.
창피하지도 않다.
행복하다.
즐겁다.
감사하다.

230

월사금을 내지 못한 것이 벌을 서야 할 만큼 잘못한 일인가? 아이들이 무슨 죄가 있다고? 내가 중학교에 재직하던 그 옛날 초임 때, 그러니까 중학교가 의무교육이 아닌 시대에(2000년도에 와서야 의무교육이 시행되었다) 중학생들도 공납금을 못 내면 퇴학을 당했다. 학생과 교사가 십시일반 돈을 모아 구제하기도 했지만 불가항력인 경우가 많았다.

학교에 출석해도 결석처리를 했다. 출석부에 '등교 정지'라고 도장을 찍고 출석 미달을 이유로 퇴학시키던 시대였다. 그 시대에 교사로 있었던 부끄러움이 밀려온다. 교사가 빚쟁이처럼 독촉하러 가정방문을 했던 기억도 있다. 그때 그 아이들은 얼마나 상처를 받았을까? 아이들이 받는 상처에 크게 상심하며 마음 아파하거나 부당하다고 생각했던 기억이 없는 것이 지금 부끄럽다.

가난은 개인의 잘못만은 아니다. 생각하면 참으로 잔인한 시대였다. 가슴 아픈 과거다. 나라도 가난하고, 가정도 가난하고, 사람들의 마음도 가난했다. 누구라고 말할 것도 없이 그때는 다 불행했다.

퇴학당한 누군가는 지금은 40대나 50대쯤 되겠다. 학력 미달로 군대도 못 갔을지 모른다. 그들도 슬픈 역사의 희생자다.

무슨 욕심을 더 부릴까요

당시 육성회비가 얼마나 되었을지는 모르겠으나 시골에 어디서도 돈 나올 구멍이 없으니 자식의 앞날을 포기했다. 부모나 본인이나 얼마나 고통스러웠을까? 가난 때문에 세상에서 '밀려나고' 그래서 이날까지 생활의 '불편함'을 경험한다. 그리고 '부당함'으로 억울해한다.

학업을 중단한 아픔으로 고통스러워하는 글쓴이를 오히려 다른 분은 부러워한다. 뜻밖의 반응에 글쓴이가 당황해했다.

"학교 문턱에 가본 것이 어디냐? 문턱에도 못 가본 사람과 1학년이라도 다녀본 사람은 하늘과 땅 차이다."

그럴지도 모르겠다. 학교에 가본 사람은 짧을지라도 경험이 있으니 그리워할 수도 있지만, 경험이 전혀 없는 사람은 그리워할 수도 없다. 대화에 낄 수도 없고, 친구도 없고, 도대체 학교가 어떻게 생겼는지 모르니 깜깜하다.

"입학만 해봤어도 이렇게나 억울하지 않겠다."

1년 동안이라도 엄청나게 많은 일이 있지 않았겠느냐고 이구동성으로 부럽다고 말한다. 글쓴이에게 물어본다.

"이런 말을 들으니 마음이 어떠세요?"

"위로가 됩니다. 내가 제일 불행한 줄 알았는데……."

눈물을 글썽이던 눈에서 살짝 미소가 보인다. 자신보다 더 어려운 분들을 대하고는 위로가 된다고 하신다. 자기가 생각하기에 보잘것없는 그것이, 없는 자에게는 그렇게 귀하고 소중하다. 나보다 더 힘든 사람이 있다는 사실을 알게 된 것은 어떻게 보면 큰 소득이다. 나에게 없는 것만 보다가 내가 가진 것에 관심을 갖게 되고, 계산이 되면 감사가 일어나는 법이다.

학교 문턱에도 못 가본 사람은 1학년 중퇴자도 그렇게 부럽단다. 순간 겸손하고 겸허해진다. 여기서 무슨 욕심을 더 부린단 말인가? 우리는 얼마나 배부른 사람들인가? 다 가지고 있으면서도 가진 줄 모르고 탐욕에 빠져 있으니. 그러고 보니 우리는 늘 잊고 있지만 이 세상에 당연한 것은 하나도 없다. 보는 것, 듣는 것, 냄새 맡는 것, 말하는 것, 숨 쉬는 것까지 작은 것 같지만 모두 다 귀하고 기적 같은 일이다. 그러니 오늘 하루 눈을 뜰 수 있음에 감사하고, 하루하루의 일상이 기적 같은 은혜임을 깨달아야 한다. 자신이 불행하고 가진 것이 없다고 생각하는 사람은 한글교실에 와보면 어떨까?

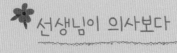

선생님이 의사보다

더 명의네요

가르침을 찾아서

이분순

재주를 부릴려고 애를 써 본다
그러나 엉터리 습작일 뿐

정신은 가물가물 한데
깨쳐야 겠다는 신념 하나만으로

꿈을 펴고자 하는 나의 마음은
오늘도 식을 줄을 모른다

선생님은 어설픈 내 마음 먼저 읽으시니
쑥스러워 말문이 닫혀있다

해가 가면 몇 개의 씨앗이 싹이 틀런지
싱싱은 열매라도 맺어
선생님께 보답하고 싶다.

235

힘겹게 그러나 최선을 다해서 무언가를 이루려고 애쓰는 모습이 보인다. 지금 시를 쓰고 있는 것 같기도 하고, 무슨 과제를 해결하기 위해 분투노력하는 중인 것 같기도 하다. 가물가물한 정신줄을 겨우 잡고 꿈을 펴기 위해 오늘도 식을 줄 모르는 열정으로 매달린다.

이렇게 가냘픈 노력을 하는 것은 오로지 선생님에게 보답하기 위해서다. 그런데 그 마음을 선생님에게 들켜 쑥스럽다고 하신다. 하지만 언제 그 결실을 이룰지는 장담할 수도 없고, 그래서 당장 설익은 열매라도 맺어서 보여주고 싶은 애달픈 심정이다.

시를 다시 보니 마음이 짠하고 한편으로는 따뜻해져 온다. 손에는 힘이 없고, 눈은 가물가물하고, 머리는 마음먹은 대로 잘 돌아가지 않는다. 글과 씨름하며 밤을 지새우는 모습이 그려진다.

무슨 일을 하려고 할 때 동기를 부여하는 방법에는 어떤 것이 있을까? 사람들은 어떤 마음일 때 과업에 임하고 일을 하며 공부를 할까? 사람마다 다 다를 것이다. 인정의 욕구, 성취의 욕구, 책임 완수의 욕구, 실리적 이익 등 각자의 가치관과 욕구에 따라 다르다. 프로이트는 쾌락이 기본적인 동기라고 했고, 아들러는 권력에 대한 의지라고 했던가?

그런데 글쓴이는 공부를 하는 이유가 선생님에게 보답하기 위해서다. 감사한 마음을 갖기 위해서, 즉 고마워서 공부하신단다. 고마워서, 고마워서.

"어르신, 뭐가 그리 고마우신가요? 제가 하는 일이 뭐가 있다고요."

두통이 아주 심하셨단다. 원인도 모르는 두통에 시달려 신경과에서 오랫동안 치료를 받았는데 별 효과가 없었다. 그런데 지금은 그 고통이 완전히 사라졌다. 공부를 하면 하나도 아프지 않다. 지긋지긋한 두통을 없애주었으니 어찌 고맙지 않겠느냐고 하신다. 의사에게 말했더니 그럴 수 있다고 하더란다.

"한글 선생님이 저보다 더 명의네요. 열심히 꾸준하게 공부하세요."

내 제자들은 이렇게 말하곤 한다.

"녹슨 머릿속을 뚫어내느라 선생님의 고통이 이루 말할 수 없다."

그래서 고맙고 미안하다고 하신다. 그저 고맙다고. 가르치는 일이 녹슨 머리를 뚫는 것만큼이나 어려운 일로 느껴지시나 보다.

어릴 때부터 엄마에게서 늘 듣던 말이 있었다.

"남의 머릿속에 든 글도 배우는데 그걸 못 해?"

어르신들도 엄마와 똑같이 말씀하신다. 제일 어려운 일이 남의 머릿속의 글을 배우는 것이라고. 그러니 그것을 가르치는 사람은 얼마나 대단한가? 심지어는 내 엄마에게도 고맙다고 전해라 하신다. 이렇게 좋은 딸을 낳아주셔서 고맙다고, 한번 뵙고 인사드리고 싶다고. 평생 큰딸한테 칭찬도 별로 안 하신 분이 그 큰딸 때문에 얼마나 칭찬을 많이 받고 계시는지. 우리 엄마가.

'고맙다'는 말

"고마워"라는 말만큼 마법 같은 힘을 발휘하는 것이 또 있을까? 이보다 더 좋은 말이 있을까? 어린이보험 광고의 한 장면이 떠오른다. 엄마를 돕기 위해 동생에게 밥을 먹인다고 식탁을 엉망으로 만들어버리고, 개수대에 쌓아놓은 그릇을 설거지한다고 세제를 풀어서 부엌을 물바다로 만들어버린 딸에게 자막으로 말한다. 이 광고가 끝난 후 아이에게 "고마워"라고 말하라고. 그러고는 끝으로 중요한 멘트를 한다.

"왜냐하면 '고마워'라는 말을 많이 듣고 자란 아이는 더 적극적인 성격으로 바뀌게 되니까요."

정말 옳은 말이고 잘 만든 광고라고 생각한다. 자신 있는 아이로, 자존감 높은 아이로 키우려면 이 말을 자주 해야 한다.

"도와줘서 고마워."

"칭찬은 고래도 춤추게 한다"는 말이 있다. 의도가 있는, 판단이 들어가는 칭찬이 아니라 감사가 깃든 진정한 칭찬은 사람을 행복하게 한다.

고맙다는 말을 듣는다는 것은 자신이 누군가에게 공헌했다는 뜻이다. 사람은 누구나 다른 사람을 성장시키고 그에게 필요한 존재가 되고 싶은 욕구가 있다. 사람과 세상에 이로움을 주고 싶은 욕구가 누구에게나 있는 것이다. 인간의 기본적이고 본능적인 이 욕구를 '기여'라고 한다. 고맙다는 말을 듣고 삶으로써 '기여'의 욕구가 충족되고 긍정적 감정이 올라온다. 이것은 힘이 되고 자신을 긍정적으로 평가하게 되어 자신감, 존재감, 중요성의 욕구 또한 충족하게 된다. 자존감이 높아지고 어떤 일도 두려움 없이 할 수 있는 행복한 삶을 살게 해준다. 자존감은 행복의 또 다른 이름이다. 자존감의 결과물이 행복이다.

또 고맙다는 말에는 불가사의한 힘이 숨어 있어서, 이 말을 들으면 순식간에 웃음이 번진다. 상대가 "고맙다"는 감사의 마음을 표현하면 이쪽도 고마움을 갖기 때문에 상대와의 거리가 훨씬 더 가까워진 듯한 기분이 든다. 고맙다는 말은 상대방을 편하게 함과 동시에 내 마음도 편하게 하는 마법의 말이다.

그런데 어르신들은 이 마법을 어떻게 알았을까? 언제나 귀에 못이 박이도록 말씀하신다.

"선생님, 감사합니다."

"어쩜 우리 선생님은 이렇게 버릴 게 하나 없을까요?"

평생 듣도 보도 못한 칭찬과 감사의 말을 여기서 어르신들에게 다 듣는다. 얼마나 감사한지 모른다. 권위적이고 유교적이며, 냉정하고 차가운 가정 분위기에서 성장한 나로서는 낯선 모습이다. 비난과 거부 속에서 자라 열등감과 수치심이 많았던 나는 이런 경험을 통해 치유되었다. 아이도 아닌데 어린이보험 광고의 멘트처럼 적극적인 성격으로 변했을 뿐만 아니라, 심리학자들이 말한 것처럼 자존감 높은 어른이 되었다.

무엇을 어떻게 더 가르칠까, 어떻게 하면 어르신들이 더 행복해지실까 생각하고 연구하고 실천하고 있다. 그리고 근자감(근거 없는 자신감)으로 대인관계를 맺고 사회활동을 하게 된다. 설렘 가운데 한없는 행복감을 느낀다. 행복의 늪에 빠진다. 이 행복은 전염성이 있다. 행복해하는 교사를 보면 학생도 행복해지지 않겠는가?

"나는 하루에도 수차례 나의 내적, 외적 삶이 동료들의 노력으로 얼마나 많이 만들어지고 있는지를 깨닫는다. 솔직히 내가 받은 만큼 돌려주려면 얼마나 많이 노력해야 할지 모르겠다."

알베르트 아인슈타인의 말이다. 아인슈타인이 현재의 동료, 그리고 고인이 된 선배 동료들에게 무한감사를 느끼듯, 나는 지금 우리 학생들에게 무한한 감사를 느낀다. 그분들이 나의 내적, 외적 삶을 만들어가고 있다. 내가 "어르신, 감사합니다" 하면 어르신들은 "우리가 더 고맙지예"라고 말씀하신다.

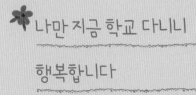

나만 지금 학교 다니니

행복합니다

그 기쁨 정말 좋네

김귀순

칠남매 셋째
위로 오빠 둘
아래로 여동생 넷

오빠와 동생은
공부하러 학교 가고
나는
우리 집 살림 기둥

이제와 공부하니
나는
늦깎이 학생

태어나서 처음으로
선생님께 편지 쓰고
태어나서 처음으로
답장 받으니
그 기쁨 정말 좋네

칠남매 중에 세 번째, 위로 오빠 둘, 아래로 여동생 넷. 그러니까 딸로서는 맏이다. 당연하게도 살림 기둥, 살림 밑천이었다. 위는 아들이라 공부시키고, 자신은 살림 살고, 동생들은 세월을 잘 만나 공부를 했다. 1960년대부터 초등학교 교육이 일반화되기 시작했으니 말이다.

형제가 많은 집은 더러 이런 경우가 있었다. 맏이는 맏이라서 공부를 시키고, 막내는 막내라서 나라와 가정 형편이 좀 나아져서 공부를 시켰다. 가운데 낀 사람만 학교에 못 가고 어렵게 살았다. 여러 형제들에게 죄책감을 갖게 하는, 못이 되는 사람들이 우리 주변에 많다. 그런 자식을 보는 부모는 죄스럽다. 한국 가정에서 흔히 볼 수 있는 모습이다. 이 시의 지은이가 바로 중간에 끼인, 순서를 잘못 만난 사람이다.

나는 지금 제일 행복합니다

김귀순

어린 시절 못한 공부
 이제 하니
나는 지금이 제일 행복합니다.

부모님 일손 도와드려
 칭찬 받은 추억 있으니
 나는 지금 행복합니다.

형제들은 모두 옛날에 학교에 다녔는데
나만 지금 다니니
나는 지금 제일 행복합니다.

내가 돌봐준 동생들이
 이제 고마워하니
나는 지금이 제일 행복합니다.

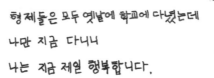

1년 뒤의 작품인 이 시를 보면 가슴이 뭉클하다. 늘 웃고 다니시는 글쓴이의 모습이 떠오르며 마음이 흐뭇해진다. 한편으로 옹졸한 내 모습이 떠올라 부끄러워진다.

이 어르신과 같은 마음으로 살아가는 사람이 과연 몇이나 될까? 어떻게 하면 이런 경지에 오를 수 있을까? 얼마나 긍정적이고 건강한지. 어린 시절에 하지 못한 공부를 지금 하니 지금이 제일 행복하다고 한다. 자신에게 공부가 행복을 가르는 기준이 되는 것이다.

그런데 그렇게 소중한 공부를 하지 못했다. 부모님을 도와드린다고. 살림 기둥이었으니 부모님이 완전히 이 딸을 의지했으리라. 하지만 학교에 가지 못해서 억울한 것보다 그때 부모님을 도와드려 칭찬받은 기억이 있어서 지금 행복하단다.

동생들 돌봐준다고 공부를 못 했는데, 그 동생들이 고마워하니 지금이 제일 행복하다. 동생들은 옛날에 공부했는데 지금은 자기 혼자 공부하니, 다른 사람들에 비해 자신이 제일 행복하단다. 공부할 수 있어서 행복하다. 공부는 해야 되기 때문에 부담되고 귀찮은 일이 아니라 축복이고 기쁨이다. '이 나이에 무슨 고생이냐'가 아니라, 이런 공부를 못 하는 동생들보다 자신이 행복하다는 것이다. 어느 때보다 지금이 행복하고, 다른 어떤 사람들보다 자신이 제일 행복하다.

교복 사진 찍는 날, 제자 중 유일하게 지인과 여동생 부부를 데리고 오셨다. 얼마나 자랑스러워하시던지. 여고 교복 입은 사진을 이 모양 저 모양으로 예쁘게 포즈를 잡아서 찍는 모습은 진정 아름다워 보였다. 행복해 보였다. 아낌없는 축하를 보내는 여동생 부부의 모습도 참 고왔다.

글쓴이는 욕심이 없는 걸까? 아니다. 이분에게 소중한 것은 가족 간의 사랑이다. 부모님이 자신에게 베푼 칭찬, 형제들이 고마워하는 마음이 공부보다 더 귀한 가치가 있다. 이것은 인생에 대한 깊은 통찰에서 나왔다. 자신이 가진 것에 깊은 의미를 주고 싶으셨나 보다. 부모님의 따뜻한 사랑, 형제들의 우애, 그리고 지금이라도 할 수 있는 공부. 지금 가진 것에 무한한 가치를 부여하고, 그것에서 행복을 찾아내는 능력과 긍정적인 삶의 태도가 놀라웠다.

사람들은 성공적인 삶은, 살아오는 동안 자신을 얼마나 발전시켰느냐에 달려 있다고 말한다. 이런 의미에서 성장과 성숙, 발전을 이루고 게다가 사랑과 믿음도 강한 이 어르신이야말로 진정 성공한 삶을 살고 있다.

마음은 늙지 않는다

혹자는 글이 다가 아니라고 한다. 글의 내용이 진실이 아닐

수도 있다는 말이다. 하지만 나는 그런 생각이 전혀 들지 않는다. 어르신들은 자신이 생각하고 느낀 것 외에 다른 글은 쓸 수 없다. 모든 글이 진실하다고 믿는 만큼 자기 글도 사실 그대로다. 갓 한글을 익힌 초등학교 1학년의 글을 두고 기교를 부렸다거나 거짓말을 적었다고 의심하지 않는 것과 같다. 실제로 함께 늘 보며 지내다 보니 변화가 눈에 보인다. 표정과 말과 행동에서 나타나지 않을 수 없다.

함께 대화하고 생활하다 보면 이분들이 얼마나 귀하게 여겨지는지 모른다. 순진무구하고, 작은 일에도 감사하고, 배려심이 많고, 한 점 의심 없는 깨끗한 분들이다. 세상은 점점 영악하고 욕심 많고 진실과 거리가 멀어지고 있다. 그래서 이분들이 소중하다. 정말 따뜻하고 선량하다.

"선생님, 공부 잘하지 못해서 미안합니다. 우리가 말귀를 잘 못 알아들어서……."

어르신들이 늘 하는 말씀이다. 학생에게 문제가 있는 것이 아니라, 교사가 학생의 눈높이를 잘 몰라서 이해시키지 못한 것일 수도 있는데. 우리 어르신들은 눈곱만큼도 그렇게 생각하지 않는다. 언제나 고마운 점을 찾고, 한 번도 남을 탓하지 않는다. 참으로 겸손하고 순수한, 역사상 마지막 세대가 아닐까 하는 생각이 든다.

인간에게는 나이가 들면 변하는 게 있고, 나이가 들어도 변하지 않는 게 있다. 육체의 변화는 어쩔 수 없다. 쭈글쭈글해지는 피부, 굽어지는 허리, 엉거주춤한 발걸음……. 하지만 세월이 어떻게 할 수 없는 것도 있다. 마음이다. 순수한 마음, 아름다움을 추구하는 마음, 설렘, 호기심, 발전하고자 하는 욕구가 그것이다. 사랑하고, 사랑받고 싶어 하는 마음. 인간의 마음도 늙는다면 어쩔 뻔했을까? 차라리 육체가 노쇠한 것이 참 다행이다.

처음 어르신들과 함께했을 때 내 눈에는 겉으로 드러난 것만 보였다. 늙은 육체만 보였다. 중학생들만 몇십 년을 보다가 연세가 높은 분들을 대하니 어렵고 무서웠다. 안을 모르니까. 지금은 겉은 보이지 않고 속만 보인다. 내면의 순수함, 열의, 나아지고자 끊임없이 노력하는 진취성과 성취욕구. 얼굴을 바라보면 주름은 간데없고 해맑은 미소와 초롱초롱한 눈빛만 보인다.

마음은 늙지 않는다. 그래서 사람들이 늙어도 행복하게 살 수 있는 것이다. 그리고 이것 때문에 학습이 가능하다. 함께하는 사람들에게는 변하지 않는 마음만 보이기 때문에 더욱더 사랑이 깊어진다.

앞의 시에서 자기 삶 전체를 통틀어 지금이, 그리고 형제들 중 자신이 제일 행복하다고 자신 있게 말씀하시니 참 다행이다. 공부를 하지 못했던 고난 때문에 지금 행복한 게 아닌가? 돌아가는 길이 지름길보다 꼭 나쁜 것만은 아니다. 고난이 축복이 되었다.

놀라운 것은 이 시를 공부할 때 중급반이나 고급반 어르신들 대부분이 이분의 말에 수긍하고 동의했다는 사실이다. 정말 그렇다고 박수를 보내셨다.

"옛날에 공부 안 한 게 참 잘했제. 그랬으면 지금 이래 행복하겠나?"

그러면서 박장대소를 한다. 맞장구를 치며 서로 만난 것을 기뻐하고 함께해주어서 고맙다고 새삼 악수를 하고 마구 웃는다. 설사 조금 과장이 있다 하더라도 최소한 수치심에 빠져 슬퍼하거나 괴로워하며 시간을 낭비하는 삶은 살지 않는다는 방증이다.

과거는 흘러간 것으로 두고, 과거의 아픔은 잊은 채 지금 여기서 행복을 찾는 이 깊은 지혜는 어디서 나오는 걸까? 무한긍정 에너지를 갖고 있다. 고난을 축복으로 승화시키는 삶의 태도와 마음가짐은 어떻게 가능할까?

성인 문해 학습을 담당하는 교사들은 헷갈릴 때가 많다. 이분들의 진짜 실체가 무엇인지 말이다. 새롭게 무엇을 하나 가르쳐드리려고 하면 정말 힘들다. 도무지 열리지 않고 이해시키기가 쉽지 않다. 그런데 이분들의 삶에 대한 가르침이나 통찰은 얼마나 크고 높은지 깜짝깜짝 놀랄 때가 많다. 교사의 의도를 정확하게 짚으실 때면 당황스럽기까지 하다. 어떨 때는 일부러 모르는 척 연기하시는 게 아닌지 의심이 들기도 한다. 혹시 이미 왕년에 다 배워서 지식도 풍부하고 똑똑하고 다 아는데, 잠시 건망증을 보이는 게 아닌가 생각할 때도 많다.

우리는 지식과 지혜를 같은 것으로 혼동하곤 한다. 지식수준이 높으면 인격과 지혜가 높을 것으로 착각한다. 아는 것이 없으면 지혜도 없고 배울 점이 없다고 잘못 생각하는 사람이 많다. 그래서 맞춤법이나 한글 실력만 보고 사람을 평가하는 실수를 범해서는 절대 안 된다.

어르신들이 모르는 것은 글자지 인생이 아니다. 긴 세월을 살아오면서 체득한 인생에 대한 이해는 높고도 깊다. 우리가 감히 흉내도 내지 못한다. 한순간도 이분들의 진짜 실력을 잊으면 안 된다. 우리에게 얼마나 많은 것을 가르쳐주시는지 모른다.

정은 또 얼마나 많은지, 인격은 또 얼마나 높은지. 파란만장한 삶을 살면서 경험한 수많은 고난과 이를 헤쳐나가며 터득한 깨달음. 그래서 이분들의 말과 글 속에는 철학이 들어 있다. 우리 학생들은 제자라기보다 삶을 인도하는 인생의 철학자다. 그래서 교실은 인생 상담실이고, 수업은 상담 시간이다. 교사가 학생들에게 질문한다.

"친정엄마가요, 이러시는데 어쩌면 좋을까요? 시어머니는 왜 그러실까요?"

그럴 때면 우리 학생들은 어김없이 바른 진단과 지혜로운 해결책을 준다. 나는 하찮은 지식을 가르쳐드리고, 대신 어르신들에게서 빛나는 지혜를 배운다. 나는 정말 운이 좋은 사람이다.

내 나이에 바라는 것

이 분순

배움이 부족해서 항상 갈망하게 되고
그래서 늦었지만 지금이라도 복지관에서
배움의 문턱에 들어섰습니다.

내 인생에 꿈이라면
자수들에게 편지를 써서
안부도 묻고
소소한 일들을 통장에게 묻지않고
내손으로 바로 해보고 싶습니다.

내 나이에 바라는 것은
남에게 신수없이 남을 높이고
나를 낮추고 열심히 살겠습니다
항상 감사하는 마음으로 살겠습니다.

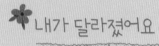
내가 달라졌어요

내가 달라졌어요

이재금

복지관에서 글을 배운다.
나이는 많지만
예쁜 선생님이
잘 가르쳐주신다.

글을 배우고 나니
내 인생이 달라졌다.
나의 마음이 넓어졌다.
세상 보는 마음의 눈이 커졌다.

말을 할 때도 예쁘게 하고
말을 예쁘게 하다 보니
나의 마음도 하루하루 예쁘지고 있다

나의 주위 사람들도 예전과 다르게
마음이 밝아졌다.
나도 달라지고
친구들도 달라진 것 같다.

마음이 예뻐지고 있다

한글교실에 와서 한글 수업을 했는데 인생이 달라졌다. 공부를 해서 출세한 게 아니라, 마음이 넓어지고 세상을 보는 마음의 눈이 커졌다. 여든 노인이 하는 말씨들이 예뻐졌단다. 마음도 하루가 다르게 예뻐지고 있다. 무슨 고백서나 간증문 같다.

어떤 형편에 이르렀는데 이런 표현을 하셨는지, 학습의 힘이 이렇게나 강한지 너무 반갑고 감격스러우면서 얼떨떨하기도 하다.

자기만 그런 게 아니라 주위 친구들도 예전과 달라졌단다. 마음이 밝아졌다고 표현하신다. 무엇 때문인지, 왜 그런지, 구체적으로 어떤 경우에 그러한지 쓰지 않아 알 길은 없지만 이제 참 기쁨과 행복을 누리고 있다. 정말 듣고 싶은 말이었다. 교사로서 처음 이 수업을 하면서 꿈꾸었던 일이다. 한글 수업을 통해 이분들이 즐겁고 행복해지는 것, 회복되고 성장하는 것이 나의 학습 목표였다. 그래서 '행복하게 해드리자'고 결심했는데, 마침내 5년을 함께한 후 이런 글을 보게 되었다. 기쁨이 하늘을 뚫는다. 너무나 고맙다.

처음에는 반목도 심하고 갈등도 많았다. 불만도 심심찮게 표현하고 의견 충돌이 더러 있었다. 아주 사소한 것으로 서로 다투기도 했다. 피해 의식이 있었고, 교사와 학생의 관계도 딱딱

하고 형식적이었으며, 불편하고 어려웠다. 이런 것들이 높은 단계의 반으로 올라갈수록 점차 사라졌으니, 그간 한글 수업을 통해 어르신들이 변화한 결과가 아닐까? 겉으로 볼 때도 수업 분위기가 밝고 좋아졌다. 충돌이 없고 프로그램이 순조롭게 잘 진행되었다. 이러한 결과는 학생들의 내면이 성숙하고 변화한 데서 비롯된 것이다.

어르신들이 말씀하시길 스스로 말이 예뻐졌단다. 말은 마음을 담는 그릇이 아닌가? 형체가 없는 마음이 모양을 갖고 드러나는 것이 말이다. 마음을 담는 말이 예뻐지고 있다는 것은 글쓴이의 표현대로 마음이 예뻐지고 있다는 뜻이다. "말은 마음을 따라 자란다"고 하지 않는가.

누군가 내 이야기를 듣고 이해해주면

내가 변해야 세상이 변한다고들 한다. 우리 자신이 변하면 이 세상을 바꿀 수 있다. 우리 자신을 바꾸는 방법은 우리가 매일 쓰는 언어와 대화방식을 바꾸는 데서 시작한다. 말을 부드럽게 하고, 판단이 아닌 관찰을 하고, 평가보다는 감정을 말하고, 공감하는 연민이 담긴 언어를 사용할 때 사람이 변한다고 한다.

반대로 사람이 성장하고 인격적으로 성숙하면 밖으로 나타나는 증거가 바로 언어의 변화다. 품위 있고 긍정적이며 연민을 불러일으키는 예쁜 말을 사용하게 된다. 그러니 말과 마음은 불가분의 관계다. 겉과 속이다. 하나다. 스스로 말이 변했다고 느꼈다는 것은 자신의 내면의 변화를 표현한 말이다. 마음 밭이 변했다는 뜻이다. 그런데 놀랍게도 자기만 그런 것이 아니라 주위 친구들도 밝아졌다.

그렇다면 어르신들의 말이 바뀌고 마음이 예뻐지게 된 원인은 무엇일까? 곰곰이 생각해보면 여러 가지가 있겠지만, 무엇보다 공부를 통해 갑갑했던 눈이 열리면서 자신감이 회복된 결과다. 시도 쓰고 자서전도 쓰면서 평생 한 번도 해보지 않았던 새로운 역할을 해봄으로써 자신감이 생겼다. 여유가 생긴 것이리라.

또 일기나 편지 등으로 자기 마음을 표현하면서 분노가 통제되고 조절되지 않았을까? 분노와 아픔, 서러움을 글로 표현하고 말로 쏟아내다 보니 부정적인 감정이 사라지고 치유가 일어난 것이다. 일기를 씀으로써 자아성찰과 반성의 기회를 가지고 그것으로 변화가 왔을지도 모른다. 편지나 문자 메시지를 주고받을 수 있게 됨으로써 서로 소통하고 나누게 되고, 소외에서 벗어나는 기쁨을 누렸을 것이다.

한편, 문해자가 되어 그동안 보지 못했던 문학 작품, 특히 소설을 감상하고 배우면서 사고의 기회가 확장되고 세상에 대한 유대감이 향상되었을 것이다. 간접 경험을 통해 인간을 이해하는 기회도 갖게 되고, 깨달음의 재미도 경험하게 되었으리라. "사람은 책을 만들고 책은 사람을 만든다"고 했던가? 이러한 긍정적 변화는 그간 독서의 결과라는 생각이 든다.

또 존중받고 이해받는 경험을 통해서 자존감이 올라가고 자기가치감이 높아지면서 마음이 넓어졌을 것이다. 사실 교사가 열심히 떠들어도 학생들은 그게 무슨 말인지 완전히 이해하지는 못한다. 그래도 우리 어르신들은 열심히 귀를 기울인다. 알기 위해서 귀를 기울인다기보다는 열심히 애쓰는 교사가 고마워서 듣는다.

활동 소감문

늦깎이로서 공부를 한다는 게 참 어려웠습니다.

머릿속에 입력도 잘 안 되고 그랬습니다.

그런데 선생님이 알기 쉽게 이 방법 저 방법으로

열심히 가르쳐주신 덕택에

공부가 하면 할수록

친구처럼 재미가 있을 때도 많습니다.

교복을 입고 밖에 나가 사진을 찍고

웃으며 보냈던 시간이

제일 기억에 남습니다.

그 순간만큼은 10년도 더 젊은 기분이 났습니다.

우리 마음을 알아주시는

선생님과 복지관 여러분께 감사드립니다.

수료식 때 어르신이 쓰신 활동소감문의 일부이다. 이 글을 보면, 선생이 가르치려고 이 방법 저 방법 쓰는 것을 아신다. 설명 내용은 몰라도 애쓴다는 것은 알고 있다. 그래서 열심히 듣는다. 다행히 이분은 공부가 친구처럼 재미있을 때도 많았다.

수료식을 앞두고 학생들은 교복 입은 사진을 찍는다. 멋지게 보이려고 내의나 두꺼운 티도 다 벗는다. 까만 스타킹에 흰 양말을 신은 영락없는 여고생이다. 모두가 임예진이다. 멋들어지게 모자를 올려 쓰고 가방을 옆구리에 낀 모습이 그야말로 멋있는 남학생이다. 이덕화보다 더 멋있다. 복지사 선생님이 일일이 독사진, 조별 사진, 단체사진 등 이쁘게도 찍어준다. 깔깔깔깔 껄껄껄껄. 이때만큼은 세월이 거꾸로 돌아가 이팔청춘이 그 자리에 서 있다. 이 행사를 마치고 어르신들은 말한다. 자신들의 마음을 알아주어서 고맙다고. 이해받고 배려받는 기쁨을 기꺼이 표현하신다.

학생들은 간혹 "나는 공부보다 선생님 보러 온다"고 말씀하신다. 교사나 복지관 관계자들이 어르신들을 위해서 최선을 다하는 모습을 보러 오는 것이다. 거기에서 위안을 얻고 기쁨을 맛본다. 그리고 회복된다. 가난하고 글자를 모른다고, 또 여자라는 이유로 천대받고 무시받으면서 살아온 삶이었다. 한 번도 넉넉히 사랑받아보지 못한 분들이다. 그래서 어쩌면 더 회복이 빠른지도 모르겠다.

한글 골든벨, 교복 입고 사진 찍기, 문학 기행, 금융 교육 등 학생들을 위한 여러 활동, 그리고 복지관 관계자와 교사에게서 이해받고 존중받는 체험이 정신적 성장과 심리적 변화를 가져 오는 데 보탬이 되었을 것이다. 시 수업을 통해 자신의 삶을 나 누는 과정에서 공감하고 공감받는 경험, 지지와 수용의 체험이 어르신들의 변화를 가져온 원동력이 된 게 아닐까? 우리는 모두 시로 표현된 친구들의 삶을 참으로 열심히 진지하게 경청한다.

심리학자 칼 로저스는 "누군가 내 이야기를 듣고 나를 이해해 주면, 나는 새로운 눈으로 세상을 다시 보게 되어 앞으로 나아 갈 수 있다"고 했다. 어르신들의 이야기를 귀 기울여 들어주고 또 이해해줌으로써 새로운 변화가 생겼다. 앞에서 소개한 시의 표현에 의하면 '세상을 보는 마음의 눈이 커진' 것이다. 그리고 앞으로 나아가게 된 것이다. 성장하고 회복되는 아름다운 경험 을 누리게 되었다. 그 힘으로, 늦었지만 새로운 인생을 꿈꾼다.

늦은 꿈

박달막

세상에 이런 꽃 보았나요?
백합 꽃도 꽃이고요
장미 꽃도 꽃인데요

활짝 핀 이런 꽃 보았나요?
꽃 중에 제일 좋은 꽃
한글 꽃인 걸요

왜 몰랐을까요?
책에 있는 글자들이 다 꽃인걸요.
지금이라도 알았으니 다행인걸요.

왜 몰랐을까요?
읽어도 읽어도 좋은 글자 꽃인 걸
이제야 알았네요.

열심히 쓰고 읽고 배워서
선생님처럼 실력을 쌓아서
글벌레 되어 새인생을 살고 싶다고요.

263

인생은 아름다워라

라디오도 TV도 없던 어린 시절, 밤이 되면 할머니 친구분들이 먹거리를 하나씩 들고 우리 집을 찾아오셨다. 무료한 그분들에게 나는 열심히 재미나는 이야기를 들려드렸다. 《소공자》, 《소공녀》, 《신드바드의 모험》 같은 동화책에서 본 것, 생각한 것, 느낀 것을 긴 밤 늦게까지 이야기했다. 여남은 살밖에 안 된 여자아이의 지껄임을 할머니들은 참 열심히 들어주셨다. 함께 웃고, 함께 슬퍼하고, 함께 놀라고, 또 같이 기뻐하고.

어떻게 해서 이 일이 시작됐는지는 모르겠다. 할머니들이 요청한 것은 아마도 아닐 테고, 책 읽은 감동을 혼자 삭이기 아까워서 아마도 내가 자원해서 한 게 아닐까 싶다. 나름대로 상상력을 동원해 이야기하면, 할머니와 친구분들은 재미난다며 고맙다고 칭찬을 아끼지 않았다. 어린 시절 나의 유일한 즐거움이었다. 그 재미에 나는 이야기를 또 준비하고 연습했다. 얼마나 많은 책을 읽었는지 모른다. 학급 문고의 책을 거의 다 가지고 와서 읽었다. 나중에 책을 반납할 때 100여 권이 넘었던 것으로 기억한다.

또 재미나게 전하기 위해 말하는 연습은 얼마나 했겠는가? 그 당시 부모님은 대도시에 나가고 안 계셨고 할머니, 숙모, 삼촌, 사촌과 함께 살았다. 어느 날 숙모가 하셨던 말이 아직도 기억에 남는다.

"이야기 잘하는 사람은 가난하게 산단다."

그러니 그만하라고 하셨다. 참 특별나게도 살았던가 보다. 그때 나는 충고를 들은 척도 안 했다. 가르치고 전하기 위해서, 이웃 어르신들에게 즐거움을 선사하기 위해 했던 행동들은 집에서 나의 존재감을 드러내고, 내가 중요한 사람이라고 인정받는 유일한 일이었다. 가부장적 가정 분위기, 유교적이고 전근대적인 가치관 속에서 나는 아무짝에도 소용이 없는 딸이었기에. 이 즐거움을 위해서라면 훗날 좀 가난해도 괜찮을 것 같았다. 그래서 밤마다 벌이는 나의 공연은 꽤나 오랫동안 계속되었다.

덕분에 책을 많이 읽었고, 말하는 솜씨도 좀 늘지 않았을까? 남 앞에서 주눅 들지 않고 말하는 용기도 생겼을 것이다. 어쩌면 어린 시절의 이 경험이 훗날 국어 교사가 되게 했는지도 모르겠다.

그런데 가만히 생각해보면, 이것이 수십 년 가까운 세월이 지난 지금의 내 모습이다. 똑같아서 깜짝 놀라고 말았다. 어린 시절의 그 경험이 이렇게 살아서 지금 쓰이는 것이다. 내가 현재 마주하고 가르치는 어르신들이, 어린아이의 말솜씨에 감탄해 박수를 치고 같이 울어주던, 친근한 내 할머니고 이웃 할머니다. 그러니 어찌 낯설거나 불편할 수 있겠는가?

숙명처럼 어르신들을 만났다. 또 숙명처럼 어르신들의 아픔을 함께 앓았고 같이 슬퍼했다. 서로 열심히 노력했고 곧 함께 기뻐하고 성장하고 회복했다. 글을 모르는 할머니를 대신해 이야기 들려주던 어린 손녀가 이제 선생님이 되어 할머니들에게 글을 읽어주고, 나아가 가르쳐드리고 있다.

따뜻하고 정 많던 그때 그 할머니들이 이제는 듣고만 있는 것이 아니라 글을 배운다. 옛날에 박수치고 같이 슬퍼하던 그분들이 직접 글을 쓰고 읽는다. 마침내 글자를 다 익혀서 일기도 쓰고 편지도 쓰고 시도 쓴다. 또 얼마나 멋진 분으로 바뀌었는지, 마음도 너르고 여유도 있고 정말 행복한 삶을 살아간다. 이것을 바라보는 어린 손녀도 멋진 어른으로 자란다.

아, 인생은 아름답다.

10여 년의 정년을 남겨놓고 일찍 퇴직하면서 이유야 어찌 되었건 실패감과 자괴감이 있었다. 훌륭한 교사로 교직 생활을 마무리하고 싶었던 꿈이 좌절되어 허무하고 허탈했다. 미완으로 끝난 것 같은 찝찝함으로 한참 동안 마음이 아프고 심란했다.

그런데 성인 문해 강의를 맡으며 어르신들과 함께 울고 웃으면서 어느 새 그 감정은 사라지고 날마다 의욕과 자신감이 차올랐다. 교직 생활 중 교사로서 이루지 못했던, 그래서 아쉬움으로 남았던 것들을 노인 학생들을 가르치면서 완전히 날려 보냈다.

어르신들의 수치심과 열등감이 타인으로부터 존중받고 이해받으며, 서로 공감하고 공감받음으로써 치유되고 회복되었다. 이제 자신감을 갖고 노년을 행복하게 보내고 있다.

나도 갑작스러운 조기퇴직 후, 어르신들을 통해 존중받고 사랑받으며 그분들의 삶에 기여했다는 확신을 얻음으로써 결핍이 채워지고 자존감이 회복되었다. 그리하여 생각지도 못했는데 인생 2막을 새롭게, 그리고 멋지게 보내고 있다.

어르신들이 겪은 문맹, 야만적인 차별 등의 고난이 오늘날 축복이 되었듯이 나의 과거, 거부의 경험과 어려운 환경으로 인한 상처가 현재 깊은 행복을 가져다주었다.

인생은 얼마나 아름다운가.

2019년 3월 어느 따뜻한 날
눈부신 아침 햇살을 느끼며
아원(雅苑) 씀

한글교실에서 만난 시와 치유, 꿈에 관한 이야기

팔순에 한글 공부를 시작했습니다

초판 1쇄 발행 2019년 7월 23일
초판 2쇄 발행 2020년 5월 15일
지은이 박재명

펴낸이 민혜영 | **펴낸곳** (주)카시오페아 출판사
주소 서울시 마포구 성암로 223, 3층(상암동)
전화 02-303-5580 | **팩스** 02-2179-8768
홈페이지 www.cassiopeiabook.com | **전자우편** editor@cassiopeiabook.com
출판등록 2012년 12월 27일 제2014-000277호
편집 진다영 | **디자인** 고광표 | **마케팅** 최승호 | **홍보** 유원형
외주 편집 김현경 | **외주 디자인** 별을 잡는 그물

ISBN 979-11-88674-70-1 03810

이 도서의 국립중앙도서관 출판시도서목록(CIP)은 서지정보유통지원시스템 홈페이지(http://seoji.
nl.go.kr)와 국가자료공동목록시스템(http://www.nl.go.kr/kolisnet)에서 이용하실 수 있습니다.
CIP제어번호: CIP2019026995